Moritz Zschau - Maya

Moritz Zschau

# MAYA

Thriller

**Wo beginnt Liebe? Wo endet sie?
Und wo beginnt der Wahnsinn?**

Bibliografische Information der Deutschen Nationalbibliothek: Die Deutsche Nationalbibliothek verzeichnet diese Publikation in der Deutschen Nationalbibliografie; detaillierte bibliografische Daten sind im Internet über dnb.dnb.de abrufbar.

Herstellung und Verlag:
BoD – Books on Demand, Norderstedt

ISBN: **9783749483853**

## Kapitel 1

„Weiter nach außen, Fabi!"
Der Ball fliegt einmal quer über das halbe Spielfeld, bis er schließlich wenige Zentimeter vor mir landet. Mit einer schnellen Bewegung nehme ich den Ball mit, renne über die grüne Wiese und schieße auf das Tor. Naja, zumindest war das meine Absicht, denn letztendlich flog der Ball eher in Richtung Eckfahne. Mist.
Eine halbe Stunde später ist das Spiel beendet und ich trotte erschöpft zur Kabine.
„Da war heute definitiv mehr drin, Jungs!", ruft Paul. Er ist einer dieser Trainer, die niemals zufrieden sind – nicht einmal nach einem Unentschieden gegen den Tabellenzweiten.
„Hey Fabi, kommst du nachher noch mit zum See? Die anderen sind auch dabei."
„Heute eher nicht mehr. Muss noch für meine letzte mündliche Prüfung lernen."
„Scheiße, stimmt ja. Die hatte ich gar nicht mehr auf dem Schirm. Naja, dafür kannst du doch auch noch eine Nachtschicht einlegen, Spaß geht vor. Komm schon!"
Luke ist ein richtiger Sturkopf, das war er schon immer.
„Also gut, aber nicht so lange."
„Sehr gut, mein Freund. So muss das sein! Also um sechs an der Brücke?"
Ich nicke und packe währenddessen meine Fußballschuhe in meine Sporttasche. Wenn ich um sechs am See sein sollte, hätte ich jetzt noch gut zwei Stunden

zum Lernen. Ich bin echt froh, wenn ich mit Deutsch auch noch meine letzte Prüfung hinter mich gebracht habe. Danach kann die große Freiheit endlich beginnen und damit auch die schönste Jahreszeit: der Sommer.

Langsam schlendere ich in Richtung der Fahrradstellplätze. Mein Rad kann man schon von Weitem erkennen, die orangene Lackierung sticht aus den anderen Fahrrädern deutlich heraus. Eigentlich wäre es dringend mal an der Zeit, dass ich mir ein Neues kaufe; immerhin habe ich dieses schon seit mittlerweile fünf Jahren und es kommt nicht allzu selten vor, dass ich von anderen auf mein „Kinderrad" angesprochen werde. Doch für den Moment muss es noch herhalten, denn meine aktuellen Ersparnisse sollen für meinen neuen Laptop dienen. Mein altes Gerät hat vor knapp zwei Wochen seinen Geist aufgegeben. Und mein Geburtstagsgeld muss ebenfalls dafür herhalten, denn seitdem ich meinen Job als Zeitungsausträger vor vier Monaten gekündigt habe, vermehrt sich mein Erspartes nur noch durch das Taschengeld von meinen Eltern und meiner Oma.

Mittlerweile bin ich schon kurz davor, in die Straße einzubiegen, wo ich seit meiner Geburt wohne. Die Siedlung hier macht auf Außenstehende einen sehr freundlichen Eindruck aufgrund der ganzen Alleen mit den blühenden Bäumen sowie den noblen Häusern am Straßenrand. Ich finde es einfach nur öde. In meinem Viertel war das Aufregendste, was so passieren konnte, dass einer der Nachbarn wieder mal auf die tolle Idee kam, ein langweiliges Straßenfest zu veranstalten. Selbst meine Eltern haben noch nie so wirklich gewirkt, dass sie sich auf solche Feste freuen – und trotzdem schleppen sie mich immer wieder mit.

Die Straße, in der ich wohne, glänzt nur so von Sauberkeit. Nicht eine Plastiktüte oder nur ein Papierschnipsel sind auf der Hauptstraße oder dem Gehweg zu finden. Dafür vollkommen überfüllte Vorgärten, wohin man auch nur schaut.

Dagegen besitzen meine Eltern noch relativ wenige Pflanzen und trotzdem ist der Kiesweg zu der Haustür regelmäßig mit Blättern übersät. Mit einer schwungvollen Kurve biege ich in unsere Einfahrt ein und stelle mein Rad in unserem kleinen Holzschuppen ab.

Rund zwei Stunden später bin ich gerade dabei, die Verhaltensweisen von Gretchen aus Goethes „Faust" genauer zu analysieren als auf einmal mein Handy klingelt. Es ist mein Vater.

„Hi Dad, was gibts?"

„Für dich heute Abend eine sturmfreie Bude, Fabi! Mama und ich gehen um acht noch essen und ich wollte dir nur schnell Bescheid geben, dass es bei uns spät wird."

Das war nichts Neues, meine Eltern gingen gefühlt jede Woche ein- bis zweimal Essen, ins Kino, ins Theater oder sonst irgendeinen Ausflug machen. Sie waren beide mit 38 Jahren im Vergleich zu den Eltern meiner Freunde noch sehr jung; bis heute bin ich mir nicht ganz sicher, ob sie mit 20 schon einen Sohn bekommen wollten – auch wenn sie immer wieder beteuern, dass´es doch so schön sei, in jungem Alter schon Eltern zu werden.

Um kurz vor sechs klingelt erneut mein Handy. Diesmal ist es Luke.

„Bist du schon auf dem Weg? Philipp und Jan sind schon da, Hannah kommt auch gleich." Mist, die Uhrzeit habe ich während dem Lernen total vergessen.

„Ich fahre gleich los, gib mir 15 Minuten." Ich höre Luke verärgert schnauben.

„Beeil dich oder du kannst alleine schwimmen gehen!"

„Witzig. Bis gleich."

Schon während des Telefonats hatte ich begonnen, meine Badesachen zusammenzupacken.

„Da bist du ja endlich, Fabi. Hannah und ich waren schon im Wasser", empfängt mich Philipp mit einem breiten Grinsen im Gesicht. Ich kenne ihn seit ich in die Oberstufe gekommen bin und seitdem sind wir ganz gut befreundet. Er legt schon immer enorm viel Wert auf sein Aussehen – nicht einen Tag habe ich ihn ohne perfekt gestylte Haare gesehen. Auch seine Markenklamotten sind ein Markenzeichen von ihm. Wortwörtlich. Auch heute trägt er eine seiner hochwertigen Hollister-Badeshorts.

„Wo warst du heute beim Spiel? Der Coach war ganz schön sauer als du ihm kurz vor Anpfiff geschrieben hast, dass du nicht kommst", frage ich ihn.

„Ach, Paul soll mal nicht so ein Theater veranstalten, wir spielen sowieso nur Kreisklasse. Er glaubt doch nicht ehrlich, dass einer von unserem Team mal groß rauskommt." Philipp kann so ein toller Motivator sein. „Aber wenn du es genau wissen willst..." Er schmunzelt und zieht dabei eine Augenbraue hoch. Ich weiß genau, was das zu bedeuten hat.

„Du hattest mal wieder ein Date?", frage ich etwas gelangweilt.

„So ist es, mein Freund. Blond, hübsch, eine Figur..."

„Ja, ja, schon gut. Soll das was Festes werden?"

„Nee, keine Lust auf Beziehungsdramen. Nur was Lockeres, immerhin steht die mit Abstand heißeste Jahreszeit vor der Tür."

Wie aufs Stichwort kommt Hannah in diesem Moment dazu.

„Na, über wen wird hier gelästert?", spricht sie uns beide mit einem Grinsen im Gesicht an.

Seit ich sie kenne, schwärme ich ein bisschen für sie, doch sie spielt mindestens zwei Ligen über mir. Nicht umsonst hatte es auch Philipp schon bei ihr versucht, aber sie hatte ihn eiskalt abblitzen lassen. Bis heute will er sich das zwar nicht eingestehen, doch auch er kann nicht jedes Mädchen bekommen.

„Wir lästern nie, Hannilein. Das überlassen wir euch Mädchen!", antwortet Philipp.

„Dass ich nicht lache. Kommt ihr jetzt nochmal mit in den See?", fragt sie.

Wie sollte man da nein sagen können? In ihrem roten Bikini hätte wohl jedes männliche Wesen den Weg mit ihr ins Wasser angetreten. Als kleine Kinder waren wir beste Freunde gewesen und haben praktisch jeden Tag etwas zusammen unternommen. Doch in der Schulzeit haben wir uns leider etwas voneinander distanziert – unsere Freundschaft ist dennoch erhalten geblieben. Wenn ich mal ein Problem habe, weiß ich immer, dass ich zu Hannah gehen kann und sie ein offenes Ohr für mich hat. Andersherum ist es genauso.

Als ich am späten Abend den Weg nach Hause antrete, ist es bereits stockdunkel. Unsere Wohnsiedlung sieht aber selbst in der Nacht aus wie der friedlichste Ort der Welt. Bis auf das Eingangslicht ist es komplett finster in unserem Haus, was so viel bedeutet, dass meine Eltern immer noch nicht daheim sind.

Das erste, was ich machen will, ist etwas essen. Zum Glück gibt es in unserem Kühlschrank ein eigenes Fach nur für Tiefkühlpizzen. Mein Dad hat es extra nur für mich angelegt, wenn ich spontan mal Hunger bekomme. Was ziemlich oft vorkommt.

Nachdem ich den Ofen in unserer hochmodernen, komplett weißen Küche angeschmissen habe, gehe ich in mein Zimmer, um mir ein Prospekt mit Laptops nochmal genauer anzusehen. Oh Mann, wenn ich doch nur etwas mehr Geld hätte... so ein Gaming-Laptop wäre doch was Feines.

„Dann hättest du mal besser nicht deinen Job gekündigt", schießen mir sofort die Worte meiner Mutter durch den Kopf. Irgendwo hat sie bestimmt recht, aber ich hatte wirklich keine Lust mehr, jedes Wochenende Zeitungen in meiner Nachbarschaft abzuliefern. Anschließend bekam ich dann immer noch Ärger, weil „Bitte keine

Werbung"-Sticker auf dem Briefkasten angebracht waren. Außerdem nahmen sich irgendwelche Leute einfach Zeitungen von meinem Stapel, rissen dabei die Schutzplane auseinander und ich durfte dann am nächsten Morgen sämtliche über den Boden verteilte Zeitungen wieder einsammeln. Nein danke, ich hatte wirklich genug davon.

Als ich gerade etwas vertiefter durch das Prospekt stöbere, erschreckt mich plötzlich das Klingeln an der Haustür. Besuch erwarte ich keinen mehr und um diese Uhrzeit – es ist immerhin bereits nach 22 Uhr – kommt für gewöhnlich auch kein Postbote mehr vorbei.

Langsam laufe ich nach unten in die Küche. Ich habe schon von genügend Einbrechergeschichten gehört; vielleicht hat jemand mitbekommen, dass ich heute Abend alleine Zuhause bin. Okay, vielleicht bin ich etwas zu paranoid. Es klingelt erneut und ich öffne langsam die Tür. Was ich dann zu Gesicht bekomme, übertrifft allerdings sämtliche meiner Vorstellungen: Weder ein unangekündigter Besucher, noch ein Einbrecher steht vor meiner Tür, sondern ein Mädchen in meinem Alter.

„Hi", spricht sie mich mit einem Lächeln an. „Sorry, dass ich so spät noch aufkreuze. Ich hoffe, du hast noch nicht geschlafen oder so."

Bleib cool, Fabi. Ganz locker wirken.

„Äh...nein."

Toll gemacht. Lockerer kann man gar nicht wirken. Chapeau. Mehr bekomme ich auch nicht heraus. Ein Mädchen steht vor meiner Tür. Um 22 Uhr.

„Ist alles okay bei dir? Du siehst etwas verwirrt aus", fragt sie mit einem skeptischen Gesichtsausdruck.

„Nee, es ist alles in Ordnung. Geht doch, ich kann wie ein normaler Mensch sprechen.

„Ähm... was führt dich denn zu mir?" Das klingt doch schon eher nach einem vollständigen Satz.

„Ich bin mit meiner Familie vorgestern hierhergezogen und kenne noch niemanden. Gestern meinte eine ältere Frau – wie hieß sie noch gleich – irgendetwas mit Schubert... Egal. Sie meinte, hier wohnt jemand in meinem Alter. Eigentlich ist es nicht so meine Art, unangekündigt irgendwo hereinzuschneien, aber heute Abend war mir echt langweilig. Ich hoffe, das ist kein Problem."

„Nein, nein. Wie heißt du eigentlich?"

„Oh, sorry. Habe total vergessen, mich vorzustellen. Ich bin Maya. Und du?"

„Ich bin Fabian, aber meine Freunde nennen mich alle nur Fabi. Ist zur Gewohnheit geworden."

„Okay, Fabi", antwortet Maya mit einem Augenzwinkern.

„Willst du hineinkommen? Wird langsam ziemlich kühl hier drauoßen.

„Oh, danke, gerne."

Erst als sie näher kommt, fallen mir ihre tiefbraunen Augen auf. Ihre langen blonden Haare hat sie zu einem Zopf zusammengebunden; sie sieht in ihrem weißen Oberteil und der hellblauen Jeans echt spitze aus. Und betritt gerade mein Haus wohl angemerkt. Träume ich?

„Wie lange wohnst du schon in dieser Gegend?", fragt mich Maya während sie ihre Schuhe auszieht.

„Schon immer. Ich bin noch nie umgezogen. Wo hast du denn vorher gewohnt?"

„Ich komme aus einem Vorort, etwa eine Stunde entfernt von hier. Meine Eltern haben ein neues Jobangebot bekommen im letzten Jahr und haben nur noch darauf gewartet, bis ich mein Abitur in der Tasche hatte. Jetzt will ich in der Nähe nach einem Studienplatz schauen."

Wir setzen uns an den Küchentisch. Jetzt erst bemerke ich, dass der Ofen noch an ist.

„Oh, verdammt, meine Pizza!" Zum Glück ist sie nur dunkelbraun und noch nicht schwarz geworden.

„Willst du auch etwas?", frage ich etwas schüchtern.

„Das wäre total lieb von dir – ich habe seit heute Mittag nichts Gescheites mehr gegessen."

Ich schneide ihr ein großes Stück ab und versuche mich dabei nicht allzu sehr vollzukleckern.

„Danke", nimmt sie das Stück dankend in die Hand. „Was ist mit dir? Hast du dein Abi auch schon?"

„Habe übermorgen meine letzte Prüfung. Muss noch Deutsch mündlich machen."

„Ich bin zum Glück letzte Woche schon fertig geworden. Mein letztes Fach war Englisch."

„Dafür wäre ich viel zu schlecht", schmunzle ich. Es macht mich schier wahnsinnig, wie süß sie aussieht, wenn sie mit ihren Haaren spielt, welche mittlerweile offen über ihre Schulter hängen.

„Bist du denn schon 18? Ich vermute, du wohnst nicht alleine in diesem großen Haus."

„Das wäre schön. Ich bin noch 17, aber werde demnächst auch 18. Meine Eltern sind heute Abend essen und Geschwister habe ich keine. Wie sieht es bei dir aus?"

„Bin schon 18. Ich hatte im März Geburtstag. Meine Eltern sind noch ziemlich gestresst vom Umzug und meine kleine Schwester weint andauernd, weil sie zurück in unser altes Haus will. Dabei ist unser Neues viel größer und moderner, die Umgebung sieht außerdem auch sehr schick aus."

„Kann ziemlich langweilig werden. Aber es gibt ein paar ganz nette Orte, die kann ich dir bei Gelegenheit mal zeigen, wenn du möchtest."

„Klar, gerne." Sie lächelt.

„Was machst du so in deiner Freizeit?", fragt sie mich nach einer kurzen Essenspause.

„Ich spiele Fußball hier im Verein. Ich treffe ich mich oft mit Freunden, mit denen ich auch manchmal zu einem See in der Nähe fahre. Sonst gibt es bei mir nicht so viel Spannendes. Und bei dir?"

„Ich war früher im Turnverein, aber vor zwei Jahren habe ich aufgehört. Das viele Training wurde mir in der Oberstufe mit den ganzen Klausuren zu stressig. Ansonsten bin ich gerne draußen, schwimme ganz gern und erkunde oft neue Umgebungen, wie du dir wahrscheinlich schon gedacht hast", sagt Maya mit einem Zwinkern. „Sonst habe ich auch immer die meiste Zeit mit meinen Freundinnen verbracht. Das wird jetzt natürlich schwieriger aufgrund der Distanz zu ihnen, aber ich werde hoffentlich neue Freunde finden."

„Bestimmt." Wenn Luke mich jetzt sehen könnte, wie ich mit Maya am Tisch sitze... das wird er mir niemals glauben.

„Hast du noch Hunger?", deute ich auf ihren leeren Teller hin.

„Nein, danke, das war echt genug."

Eine halbe Stunde später verabschiedet sie sich mit einer Umarmung von mir und verlässt das Haus. Ich schaue ihr noch kurz hinterher, komme mir dann aber wie ein verliebter Idiot vor und schließe schnell die Tür. Lächelnd räume ich das dreckige Geschirr in die Spülmaschine und gehe zurück in mein Zimmer. Maya scheint wirklich nett zu sein; außerdem lächelt sie gefühlt in Dauerschleife. Und ihr Lächeln sieht wirklich wunderschön aus. Wir hatten uns noch über alle möglichen Dinge wie Schule, Sport, unsere Eltern und den Ort hier unterhalten. Sie wirkte tatsächlich nicht gelangweilt von mir – ein Wunder. Wie sie mir erzählt hat, spielt sie genauso gerne wie ich Gitarre und als sie vorgeschlagen hat, ein Lied mal zusammenzuspielen, habe ich natürlich sofort zugesagt.

Kurz vor Mitternacht kreisen meine Gedanken immer noch um Maya als auf einmal mein Handy klingelt. Es ist eine unbekannte Nummer. Als hätte es heute noch nicht genug Überraschungen gegeben.

„Hallo, hier ist Fabian Förster", melde ich mich.

„Hi, ich bin es nochmal kurz." Es ist Maya, der ich vor nicht einmal zwei Stunden meine Handynummer gegeben hatte und schon rief sie mich an!

„Hey Maya, was ist los?" Will sie sich etwa mit mir verabreden?

„Entschuldige bitte die zweite kurze Störung heute. Ich habe meinen Büchereiausweis verloren, den brauche ich noch für meine alten Bücher. Habe ich den vielleicht bei dir liegen gelassen?" Schade, kein Treffen.

„Ich schaue kurz nach", antworte ich ihr und melde mich nach kurzem suchen in der Küche wieder.

„Nein, bei mir ist leider nichts."

„Okay, schade. Dann muss ich ihn wohl irgendwie auf dem Heimweg verloren haben. Ich werde ihn morgen suchen. Trotzdem danke!"

„Wo wohnst du denn eigentlich?", frage ich noch kurz vor dem Auflegen.

„Das verrate ich dir ein anderes Mal. Nicht, dass du ein kleiner Stalker bist und morgen vor meinem Fenster sitzt."

„Hey, so bin ich nicht...", rufe ich empört.

„Kleiner Scherz. Gute Nacht, Fabi!"

„Gute Nacht, Maya."


Kurz darauf liege ich im Bett und höre, wie meine Eltern nach Hause kommen. Hoffentlich sehe ich Maya bald wieder, denke ich mir und schlafe mit der Zeit ein. Was für ein Tag.

**Brief Eins**

Liebe Maya,

du hast vermutlich keine Ahnung, wer ich bin. Und vermutlich wirst du diesen Brief hier auch niemals bekommen, doch trotzdem möchte ich ihn schreiben.
Ich habe dich gestern Abend auf dem Heimweg gesehen und ich war sofort von dir begeistert. Ich glaube sogar, dass du mir einmal zugelächelt hast – nein, ich bin mir sogar sicher!
Woher ich weiß, wie du heißt? Du hast auf dem Fußgängerweg deinen Büchereiausweis verloren, den habe ich sorgfältig mitgenommen und bewahre ihn jetzt für dich auf.
Maya – dein Name ist so wunderschön wie du selbst, wie die Sonne im Sommer, wenn sie auf die vielen bunten Blumen scheint. Meine Mutter meinte schon immer, ich sei ein kleiner Poet. Meine liebevolle und aufrichtige Mutter. Sie starb leider bei meiner Geburt, aber ich spreche regelmäßig mit ihr. Ja, sie ist immer für mich da und liebt mich von ganzem Herzen. Und was ist mit meinem Vater? Der ist für mich gestorben – im Gegensatz zu meiner Mutter. Hat nur noch gesoffen seit meiner Geburt und mir die Schuld an Mutters Tod gegeben. Dabei ist er doch Schuld – hätte er sich mal besser um sie gekümmert. Ständig habe ich mich mit ihm gestritten, bis wir schließlich fast gar nicht mehr miteinander gesprochen haben. Doch als ich schlechter in

der Schule geworden bin, begegnete er mir immer aggressiver. Erst schrie er, dann drohte er mir und schließlich stand er mit dem Gürtel vor mir. Bis heute rieche ich noch in dunklen Momenten seinen jämmerlichen alkoholischen Geruch und sehe seinen pechschwarzen Gürtel auf mich zurasen. Immer wieder.

Aber das interessiert dich bestimmt gar nicht, denn ich bin mit 16 von Zuhause abgehauen. Seitdem habe ich ihn nur noch ein einziges Mal gesehen als er vor fünf Jahren in meinem Betrieb auftauchte, weil er nicht glauben wollte, dass ich einen vernünftigen Job gefunden habe. In diesem Moment habe ich mich ihm so überlegen gefühlt, denn ich hatte mir ein eigenständiges Leben aufgebaut – ganz ohne ihn, nur mithilfe meiner liebevollen Mutter, die niemals aufhören wird, an mich zu glauben.

Klar, ich habe auch nur eine kleine Zwei-Zimmer-Wohnung und stehe sieben Stunden täglich am Fließband – aber ich bin nicht auf meinen Vater angewiesen und das ist sowieso die größte Genugtuung für mich.

Ich will aber lieber über etwas Schönes schreiben – über dich, Maya. Ohne dich richtig zu kennen, weiß ich genau, was für ein liebevoller und gutherziger Mensch du bist. Du erinnerst mich an meine Mutter. Warum sind wir uns davor nie begegnet? Vielleicht sollte es nicht so sein.

Ich bin aber sehr schüchtern und traue mich nicht, dich anzusprechen. Wahrscheinlich wäre das für andere Leute sogar seltsam – immerhin bin ich zehn Jahre älter als du. Für mich ist das nicht komisch. Was sagt das Alter denn schon aus? Ich wüsste nur zu gern, wann wir uns wiedersehen werden. Ich hoffe bald.

Vielleicht schreibe ich irgendwann nochmal einen Brief an dich, wer weiß. Oder vielleicht kann ich ihn dir eines Tages sogar mal vorlesen – wenn wir beide auf einer Wiese liegen, die Sonne auf uns scheint und niemand außer uns beiden da ist.

Bis hoffentlich bald

L.

## Kapitel 2

Heute ist der Tag der Deutschprüfung gekommen. Nun wird sich zeigen, ob sich die ganzen Analysen gelohnt haben, die ich über Faust, den Werther und den Sandmann gemacht habe.

Neben mir sitzt Luke, dem sichtlich anzumerken ist, dass er doch besser etwas mehr für die mündliche Prüfung gelernt hätte.

„Oh Mann, Fabi, das wird gar nichts. Ich habe das so richtig im Gefühl. Hätte ich die Bücher doch wenigstens einmal komplett gelesen." Da muss ich kurz grinsen bei dem Gedanken daran, dass ich die Bücher alle mindestens dreimal durchgearbeitet habe.

„Luke Breitner, Sie sind jetzt an der Reihe!", ruft plötzlich eine Lehrerin, der anzusehen ist, dass sie sich heute schon durch einige Prüfungen durchgeschlagen hat. „Wünsch mir Glück!", raunt Luke mir beim Gehen zu. Das wird er definitiv brauchen.

Zwei Stunden später sitze ich mit Luke und noch einigen anderen Jungs aus meinem Jahrgang in einem Eiscafe. „Wenn es fünf Punkte werden, mache ich Luftsprünge!" Lukes Prüfung war wie zu erwarten schlecht verlaufen. Meine Prüfung lief gut, es kamen zwei Figuren dran, die ich detailliert vorbereitet hatte. Jetzt waren wir alle aber erst einmal froh, die Abiturprüfungen hinter uns gebracht zu haben. Der Sommer kann jetzt endlich kommen!

Maya hatte sich seit unserem Kennenlernen leider nicht mehr bei mir gemeldet. Ob sie eventuell andere, neue

Freunde gefunden hat? Vielleicht war sie gerade auch nur viel mit dem Umzug beschäftigt.

Am Abend treffe ich mich noch mit den anderen am See. Die erleichterte Stimmung ist allen anzumerken. Auch ich bin länger denn je im Wasser. Wir feiern auf der Wiese mit lauter Musik und genießen einfach den Moment. Luke schlendert mit zwei Bier in der Hand zu mir herüber.

„Na, ich würde sagen, die haben wir uns mehr als verdient."

Wir stoßen an und das kühle Bier wirkt an dem warmen Sommerabend sehr erfrischend. Die Musikbox spielt dazu die ersten Klänge von „Forever young" von Alphaville – der Song beschreibt mein momentanes Gefühl wohl am passendsten. Bald steht mein 18. Geburtstag an, ich muss vorerst nichts mehr lernen und meine Freunde sitzen alle hier mit mir am See.

Fast schon nostalgisch blicke ich über das ruhige Wasser und bemerke erst gar nicht, dass ich von hinten mehrmals angetippt werde.

„Fabi?!" Es ist Philipp.

„Hey, sorry, war gerade in Gedanken."

„Merke ich. Würde dir aber empfehlen, wieder in die reale Welt einzutauchen. Denn da vorne fragt ein Mädchen nach dir – und die sieht echt scharf aus. Wie hast du das denn bitte angestellt, Fabi?"

Schnell drehe ich mich um. Es wird doch wohl nicht... Doch, sie ist es tatsächlich. Aus einigen Metern

Entfernung kommt Maya lachend auf mich zugelaufen.
„Hi", ruft sie mir schon von Weitem zu.

„Hey! Was machst du denn hier?"

„Naja, eure Musik ist kaum zu überhören." Sie zwinkert mir zu. „Du hast mir doch erzählt, dass du heute deine letzte Prüfung hast. Da habe ich mir gedacht, dass du bestimmt bei dem See bist, den du mir beschrieben hast."

„Woher kennt ihr euch?", fragt Philipp dazwischen. Ich kann ihm ansehen, dass er Maya am liebsten vor mir kennengelernt hätte.

„Ich bin neu hier in der Nachbarschaft und habe mich mit Fabian etwas unterhalten, weil ich hier noch niemanden kenne."

„Oh, das können wir gleich ändern. Ich stelle dich den anderen mal vor", meint Philipp mit einem breiten Grinsen. Manchmal hasse ich ihn.

„Das ist lieb von dir, aber ich würde lieber zuerst eine Runde schwimmen gehen. Kommst du, Fabi?"

Rumms. Das hatte gesessen. Philipps blödes Grinsen verschwindet augenblicklich.

„Okay, dann bis später. Viel Spaß euch", sagt er und wendet sich dabei schon Hannah zu, die gerade in unsere Richtung kommt.

„Solche Typen gehen mir echt auf die Nerven. Dem war in den Augen schon abzulesen, was der von mir will. Nein, danke."

Grinsend laufe ich mit Maya zum See. Endlich ein Mädchen, das nicht auf Philipp abfährt.

„Und findest du dich langsam zurecht in deiner neuen Umgebung?", frage ich sie.

„Es wird besser, sagen wir es mal so. In unserem Viertel wohnen eben gefühlt nur alte Leute, das nervt etwas. Aber anscheinend muss ich ja nur zu dem See hier kommen, um Gleichaltrige zu treffen."

„Ja, wir sind wirklich oft hier, vor allem im Sommer. Wenigstens beschwert sich am See niemand, wenn die Musik mal etwas lauter ist."

Maya zieht gerade ihr grün-weißes Sommerkleid aus. Wow. Sie trägt einen hellgrünen Badeanzug und sieht noch hübscher aus als Hannah. Mit diesem Mädchen gehe ich gerade schwimmen; so ganz kann ich das immer noch nicht glauben.

„Na, komm schon. Wer zuerst im Wasser ist!", ruft sie und rennt dabei schon los. Schnell ziehe ich mein T-Shirt aus und renne ihr hinterher. Fast zeitgleich springen wir in das angenehm kühle Wasser.

„Das ist wirklich so ein schöner Ort. Schau mal, die ganzen Bäume an der Seite spiegeln sich sogar im Wasser!" Sie strahlt. Wenn sie lächelt sieht sie so süß aus. Wir schwimmen zu einem Steg, wo das Wasser gerade so tief ist, dass wir nicht mehr stehen können.

„Ich glaube, hier werden wir in Zukunft noch so einige Stunden miteinander verbringen", zwinkert sie mir zu und taucht kurz ab. Hat sie gerade wir gesagt? Ich wünschte, die Zeit würde in diesem Moment in Zeitlupe verlaufen.

Aber das tat sie leider nicht und zwei Stunden später verabschiedet sie sich schon wieder von mir.

„War wirklich schön, ich werde mit Sicherheit nochmal hierher kommen. Bis dann, Fabi!"

Sie umarmt mich und geht. Keine drei Sekunden später steht Luke neben mir und schaut mich mit großen Augen an.

„Ich verneige mich vor Euch, oh großer Held der Frauen", scherzt er.

„Ha ha." Ich weiß genau, was nun folgen wird.

„Warum hast du mir bisher noch nichts von ihr erzählt? Stehst du auf sie? Ein bisschen? Bestimmt! Wie oft habt ihr euch schon getroffen?..."

„Stop, stop, stop! Beruhige dich mal, Luke! Wir kennen uns erst seit wenigen Tagen und nein, da lief noch nichts. Außerdem... als ob sie was von mir will, sie spielt doch mindestens zwei Ligen über mir", bremse ich ihn in seinem Wahn aus.

„Na und? Sie verbringt offensichtlich gerne Zeit mit dir und am vermeidlichen Frauenheld Philipp scheint sie nicht den Hauch von Interesse zu zeigen! Oh Fabi, da kommt ein super heißer Sommer auf dich zu – ich kann es schon spüren!"

Seine Augen strahlen so als würde er selbst so viel Zeit mit Maya verbringen. Auf der anderen Seite kann ich seine Euphorie auch verstehen, denn schon seit Jahren liegt er mir in den Ohren, dass ich endlich mal eine Freundin bräuchte. Und meine Erfahrungen mit Mädchen sind bislang eher mau; nur in der zehnten

Klasse hatte ich für drei Monate eine Freundin, doch die zog dann mit ihren Eltern ins Ausland und seitdem habe ich sie nie wiedergesehen. Marlene und ich hatten damals eine wirklich schöne Zeit zusammen – ich kannte sie aus meinem Jahrgang in der Schule und mit ihr habe ich viel Neues erlebt – zum Beispiel mein erster Kuss. Es war damals ein perfekter Moment gewesen, genau hier am See.

Doch das war jetzt schon lange Vergangenheit und bis heute hatte ich danach nichts Festes mehr – das Highlight war da schon etwas Flirten auf einer Party. Und nun treffe ich auf Maya, die nicht nur hübsch aussieht, sondern auch einen wirklich tollen Charakter hat. Klar, ich kenne sie erst seit Kurzem, aber wenn sie tatsächlich Interesse an mir haben sollte, könnte sich da doch etwas entwickeln. Bereit dafür wäre ich auf jeden Fall.

Es ist schon der zweite Abend innerhalb von einer Woche, an dem ich mit einem Lächeln einschlafe. Und mein Lächeln wird noch größer als ich eine Nachricht von Maya erhalte: „Es war sehr schön heute mit dir. Hast du Lust, morgen mit mir in die Innenstadt zu gehen? Wenn ja, lass uns um 14 Uhr an der Bushaltestelle freuen. Würde mich freuen."

Ein weiteres Treffen mit ihr und das gleich morgen? Sofort will ich mit ja antworten als mir auf einmal Lukes Worte von früher in den Kopf kommen: „Du musst immer etwas warten, bevor du antwortest. Das macht dich interessanter." Na toll, dann warte ich eben noch eine halbe Stunde. Blöde Flirt-Regeln.

Es ist fünf vor zwei und ich stehe aufgeregt an der Haltestelle. Meine Haare habe ich mir mit Wachs nach hinten gelegt; zufrieden bin ich mit dem Ergebnis aber trotzdem nicht gewesen. Dreimal habe ich meine Sonnenbrille auf- und wieder abgesetzt, weil ich mir nicht sicher war, ob ich damit cool wirke oder nicht. Schließlich habe ich sie doch aufgezogen, da die Sonne heute extrem vom Himmel herab scheint und nicht eine einzige Wolke zu sehen ist.

So stehe ich nun da und warte auf Maya, die keine fünf Minuten später um die Ecke kommt. Der Wow-Effekt lässt kein einziges Mal nach, wenn ich sie sehe – im Gegenteil. Heute trägt sie einen schwarzen Rock mit einem weißen Oberteil. Ihre Haare hat sie wieder zusammengebunden.

Lächelnd kommt sie auf mich zu.

„Na, da ist jemand aber überpünktlich."

Ich grinse und umarme sie. Wir fahren mit dem Bus an den ganzen modernen Häusern vorbei, durchqueren einige Nebenstraßen und lachen sehr viel dabei. Die Stimmung ist so ausgelassen als würden wir uns schon jahrelang kennen. Mit Maya fühlt sich alles so leicht an.

Zwei Stunden sind vergangen, in denen wir in allen möglichen Läden waren, die lustigsten Kleidungskombinationen anprobiert und am Ende doch nichts gekauft haben. Jetzt sitzen wir in einem Cafe und trinken beide einen Milchshake.

„Hattest du eigentlich viele Freunde, bevor du hierhergezogen bist?"

„Es geht. Ich hatte meine engen Freundinnen und einige, mit denen ich nur ab und zu etwas unternommen habe. Dazu kommen noch ein paar männliche Freunde, mit denen ich aber nur lockeren Kontakt hatte."

„Hattest du denn einen Freund?"

Diese Frage liegt mir schon lange auf der Zunge, aber bisher habe ich mich nicht getraut gehabt, sie auszusprechen.

„Das ist schon etwas länger her. In der Achten hatte ich mal einen Freund, aber nur für fünf Wochen. Und etwa ein Jahr vor dem Abi war ich für ein halbes Jahr mit einem Jungen aus meiner Schule zusammen, doch am Ende hatte ich das Gefühl, dass er mehr an meinem Körper als an mir interessiert ist. Deswegen auch meine Abneigung gegenüber diesem Philipp, denn ich kann solche Jungs echt nicht ausstehen." Sie schaut kurz nachdenklich in die Ferne. „Und du? Wann hattest du deine letzte Freundin?"

Also erzähle ich ihr meine Geschichte mit Marlene, bei der sie sehr aufmerksam zuzuhören scheint.

„Finde das richtig blöd von ihr, sich einfach nicht mehr bei dir zu melden. Sie hätte dir ja wenigstens eine kurze Nachricht schreiben können."

„Das habe ich mir auch gedacht, ich bin dann aber recht schnell darüber hinweggekommen."

So unterhalten wir uns noch etwas länger über Beziehungen, bis wir schließlich wieder den Heimweg antreten.

Wir laufen über den großen Marktplatz, der heute aufgrund des tollen Wetters prall gefüllt ist. Viele Paare, Familien und Freunde sitzen lachend zusammen, essen Eis und schlendern an den vielen Geschäften vorbei.

„Hey, siehst du diesen Typen da drüben?", raunt mir Maya zu.

„Meinst du den, der sein Buch falsch herum hält?", antworte ich lachend.

„Genau", lacht sie auch. „Bestimmt hat der ein Date und möchte einen gebildeten Eindruck machen."

„Das kann gut sein", sage ich und wir biegen zu der Straße mit der Bushaltestelle ein.

Als ich am Abend mit meinen Eltern am Essenstisch sitze, scheinen die beiden allmählich zu bemerken, dass bei mir – so wie mein Vater es so schön sagt - „etwas im Busch ist". Ständig grinsen sie sich an und lassen die ein oder andere Bemerkung los.

„So gestylt sahen deine Haare schon lange nicht mehr aus. Wer hatte denn diese besondere Ehre?" und „Du wirkst in den letzten Tagen oft aufgeregt. Gibt es da etwas, was du uns vielleicht verkünden willst?" waren noch die harmlosesten davon. Doch noch halte ich dicht. Also erzähle ich irgendetwas von abfallendem Klausurendruck und der Vorfreude auf den anstehenden freien Sommer. Auch wenn sie mir das niemals geglaubt haben, wechseln sie nach einiger Zeit enttäuscht das Thema und geben endlich Ruhe.

„Fabian, wir werden in einer Woche für zehn Tage in den Urlaub nach Spanien fahren", verkündet auf einmal mein Vater. Boom. Jackpot. Zehn Tage sturmfreie Bude – und am besten: mit Maya. Mein Herz macht Luftsprünge vor Freude.

„Bitte nicht zu viele Partys in unserem Haus!", ermahnt mich Mum, allerdings mit einem Grinsen im Gesicht. Sie weiß nämlich genau, dass ich gar kein Fan davon bin, bei mir Zuhause Partys zu veranstalten. Das gibt letztendlich dann doch immer nur Ärger.

Am Abend telefonieren Maya und ich noch für knapp zwei Stunden ehe ich ins Bett gehe. Unsere Gespräche sind schon lange nicht mehr so oberflächlich wie noch zu Beginn, sondern gehen mittlerweile tiefgründiger. Themen wie die eigene Kindheit, alte Freunde und frühere Probleme sind längst zu unseren Gesprächsthemen geworden. Es fühlt sich so gut an, mit ihr über all das sprechen zu können. Gleichzeitig ist es auch ein tolles Gefühl, zu spüren, wie sich Maya mir gegenüber weiter öffnet und mir private Dinge anvertraut. Ich erzähle ihr aber noch nicht davon, dass meine Eltern bald für zehn Tage weg sein würden; das könnte falsch herüberkommen und ich möchte momentan keinesfalls etwas riskieren.

Am Ende unseres langen Telefonats verabreden wir uns noch für Dienstagnachmittag, um an den See zu gehen. Vielleicht erzähle ich ihr dann in einem passenden

Moment vom Urlaub meiner Eltern ab Samstag. Die Vorstellung, mit Maya noch mehr Zeit als sonst schon zu verbringen, lässt mich erneut richtig glücklich einschlafen. Habe ich eigentlich schon mal erwähnt, wie sehr ich mich auf den Sommer freue?

## Brief Zwei

Maya,

heute war wirklich ein sehr enttäuschender Tag. Anscheinend habe ich mich völlig in dir getäuscht. Ich dachte, da wäre etwas Besonderes zwischen uns – du musst das doch auch gespürt haben, warum hast du mich sonst an dem Abend angelächelt?!
Und jetzt? Wirst du einfach alles so weg? Für irgendeinen Typen, der dich sowieso nur verarschen wird wie alle Typen in deinem Alter? Er wird dich niemals so lieben wie ich! Wenn ich nur an ihn denke, kommt es mir schon hoch! „Fabi" hast du ihn genannt. Dieser Junge hat dich doch niemals verdient, versteh das doch!
Da habe ich extra meinem ganzen Mut zusammengenommen und mich dir erkenntlich gemacht. Fast zwei Stunden saß ich am Marktplatz und habe auf dich gewartet. Ich war sogar in der Bibliothek und habe mir mit deiner Karte angeschaut, was du so für Bücher liest. Du hast wirklich einen guten Geschmack! Du scheinst dich sehr für Lyrik zu interessieren, liest viel von Goethe. Das gefällt mir sehr! Wie sagt Goethe doch in dem einen Gedicht, welches du dir ausgeliehen hast:

„O Mädchen, Mädchen,
Wie lieb ich dich!
Wie blickt dein Auge!

31

Wie liebst du mich!"

Das „Mailied" ist eins meiner Lieblingsgedichte – das kann doch kein Zufall sein! Wie gern würde ich mit dir über die Lyrik philosophieren, während wir uns lieben.
Da saß ich nun also mit einem deiner Lieblingsbücher. Und was muss ich mit ansehen? Wie du mit diesem Jungen ankommst – mich beachtest du nicht einmal! Ein Stich ins Herz, anders kann ich es nicht ausdrücken.
Und jetzt soll schon alles vorbei sein? 28 Jahre sind vergangen, in denen ich niemanden außer meine Mutter liebte. Und jetzt sehe ich sie, die eine, die mir mehr gibt als jede andere – ich sehe dich! Aber du hast dich wohl nie für mich interessiert. Dann werde doch eben glücklich mit deinem Fabi – irgendwann wird er dir dein Herz brechen, so wie du meins gebrochen hast.
Für mich gibt es nun nichts mehr. Mein Leben ist wie eine Mondfinsternis, die niemals enden wird. Dunkelheit, überall nur Dunkelheit. Kein Licht kann ich am Ende des Pfades erkennen.
Vielleicht sollte ich mich auf den Weg zu meiner Mutter machen. Nur bei ihr wäre ich von all dem unerträglichen Schmerz befreit – das hoffe ich so zumindest.
Ohne dich bin ich nichts, Maya.


L.

## Kapitel 3

Es ist ein befreiendes Gefühl, mit Maya schwimmen zu gehen. Einfach das kühle Nass spüren und alle übrigen Gedanken ausblenden. Ein solches Gefühl habe ich schon ewig nicht mehr gespürt.

Eine Wasserfontäne von Maya sorgt dafür, dass auch wirklich mein ganzer Oberkörper nass ist.

„Hey, das gibt Rache!", rufe ich Maya zu und springe in ihre Richtung.

„Dafür musst du mich erst einmal fangen", lachte sie und schwimmt davon. Schließlich hole ich sie im Wasser ein und halte sie fest.

Tatsächlich kam in letzter Zeit auch immer mehr Körperkontakt zwischen uns zustande. Wir umarmen uns lange, kitzeln uns gegenseitig; ich hebe sie im Wasser hoch und schleudere sie durch die Luft. So genießen wir unsere gemeinsame Zeit mit angenehmen Sommertemperaturen, lachen über die verschiedensten Dinge und unterhalten uns über lockere, aber auch tiefgründige Themen.

Kurz bevor wir den Heimweg antreten wollen, sitzen wir beide nochmal zusammen auf einer Picknickdecke am Ufer.

Unsere Arme berühren sich leicht und Maya beginnt zu erzählen: „Als ich klein war, hatten meine Eltern oft Streit. Ich bin dann oft von Zuhause weggelaufen in ein kleines Waldstück in der Nähe. Dort gab es auch einen

See, mitten im Wald. Es war so idyllisch. Meine Mutter wäre damals wahrscheinlich ausgerastet, wenn sie davon gewusst hätte. Ich als 10-jähriges Mädchen alleine im Wald... Sie war immer sehr besorgt um mich. Manchmal sogar etwas zu besorgt." Sie hält kurz inne; ich kann ihr ansehen, dass dies ein ernstes Thema für sie ist.

„Einmal standen sie sogar kurz vor der Scheidung. Sie stritten so heftig und ich habe den ganzen Abend dann weinend in meinem Bett verbracht."

„Verstehen sie sich mittlerweile denn wieder besser oder streiten sie immer noch so häufig?"

„Es ist auf jeden Fall besser geworden, auch wenn ich manchmal denke, dass sie sich damals nur meinetwegen nicht getrennt haben."

Wir sitzen eine Weile lang schweigend nebeneinander. Sie lehnt ihren Kopf an meine Schulter und ich berühre vorsichtig mit meiner Hand ihren Rücken. Sie zuckt nicht weg, sondern bleibt ganz ruhig sitzen. Sanft streichle ich sie und beobachte dabei ihr Gesicht. Einige Sommersprossen zieren ihre Wangen und ihre Augen blicken entspannt in die Ferne.

„Fabi?", fragt sie mich nach einiger Zeit.

„Ja?"

„Ich bin sehr froh, dich kennengelernt zu haben. Danke, dass du seitdem immer für mich da gewesen bist."

Ich muss lächeln. „Nein, ich habe dir zu danken. Das leichte Gefühl, das ich habe, wenn wir etwas zusammen unternehmen, habe ich so schon sehr lange nicht mehr gespürt und du hast es mir zurückgegeben. Dafür bin ich dir so dankbar."

Sie schaut mich lächelnd an. „Bleib wie du bist, Fabi!", sagt sie und gibt mir einen sanften Kuss auf die Wange. Habe ich jemals in meinem Leben so gelächelt wie in diesem Augenblick?

So sitzen wir noch eine halbe Stunde da, streicheln uns gegenseitig und genießen die Sonne, die uns ins Gesicht strahlt. Einige Male habe ich sogar überlegt, sie zu küssen, mich am Ende aber doch nicht getraut.

Am Abend treffe ich mich nochmal mit Luke und wir quatschen über alles Mögliche. Dabei gibt es viel Pizza, lässige Musik aus den 90ern und guter Stimmung. Denn auch bei Luke hat sich etwas getan – er trifft sich morgen bereits zum dritten Mal mit einem Mädchen aus dem Jahrgang unter uns aus der Schule.

„Sie ist verdammt cool drauf, sogar Fußball spielt sie – sie ist einfach der Wahnsinn. Und sieht – nebenbei bemerkt – wirklich scharf aus."

„Na dann, mein Freund. Auf den Sommer und die wirklich coolen Mädchen."

Wir stoßen an und albern den restlichen Abend noch weiter herum. Außerdem verabreden wir uns vorab schon für die Zeit, in der meine Eltern nicht Zuhause sein werden. Um 23 Uhr verabschiedet er sich dann und ich gehe etwas früher als sonst schlafen. Insgeheim freue ich mich schon sehr auf Samstag, wenn meine Eltern dann endlich wegfahren – auch wenn ich Maya davon noch gar nichts erzählt habe.

Vier Tage später ist es dann endlich soweit: Meine Eltern sind bereits vor Stunden in den Urlaub gefahren und ich warte auf Maya, die in den nächsten Minuten bei mir ankommen sollte.

Wir haben uns in der Zwischenzeit noch zweimal getroffen und ich habe das Gefühl, wir lernen uns immer besser kennen. Sie ist wirklich ein sehr besonderer Mensch. Deshalb freue ich mich auch umso mehr als sie zehn Minuten später an der Tür klingelt.

Wir essen zunächst etwas zusammen und unterhalten uns locker, verlegen dann unser Treffen aber recht schnell in mein Zimmer.

„Du hast es echt schön hier", sind ihre ersten Worte. „Dein Zimmer ist wirklich groß, alleine dein Bett hätte in mein altes Zimmer nicht einmal hineingepasst." Sie schaut sich weiter interessiert in meinem Zimmer um. „Aha, habe ich da einen kleinen Fan entdeckt?" Mit einem Grinsen im Gesicht deutet sie auf mein Queen-Plakat, das schon seit über fünf Jahren meine Wand neben dem Bett ziert.

„Möglicherweise", lächle ich zurück. „Bin nicht so der Freund von der ganzen modernen Musik. Ab und an höre ich auch mal in die Charts, aber meine Musik ist eher Rock oder aus den 90ern."

„Das gefällt mir. Mein Dad ist auch jemand, der am liebsten nur noch Rockmusik hören würde – wäre da nicht meine Mum und ihre Vorliebe für klassische Musik."

Ich habe mein Zimmer vorher so gut aufgeräumt und geputzt wie schon lange nicht mehr. Selbst meine Deckenlampe habe ich abgestaubt und sogar unter meinem Bett habe ich alles aufgesaugt, was auch nur ansatzweise nach Staub aussah.

„Weißt du, was ich so toll an dir finde? Dass du deinen eigenen Stil hast und nicht nur irgendwelchen Idolen nacheiferst. Ich kenne genügend Jungs, die niemals zugeben würden, dass sie auf Queen stehen – es könnte ja jemand mitbekommen, dass man nicht nur die Charts hört."

Wir setzen uns auf mein Bett. „Maya, es ist wirklich schön, dass du da bist. Weißt du, es ist schon ziemlich lange her, dass ein Mädchen mal in meinem Zimmer war." Ich schweige kurz. „Okay, ehrlich gesagt war noch nie ein Mädchen in meinem Zimmer."

Sie schmunzelt. „Ich war auch schon länger nicht mehr bei einem Jungen Zuhause. Und bei dir habe ich das Gefühl, dass es richtig ist."

Maya nimmt meine Hand und legt sie auf ihre. Mein Herz schläft mit einem Tempo, von dem ich nicht glaube, dass es noch gesund ist. Es schreit förmlich danach, sie zu küssen. Doch ich habe immer noch Angst, dass sie sich dann überrumpelt fühlt und ich damit alles kaputt machen würde. Aber war es das Risiko nicht wert?

Es vergehen bestimmt nur fünf weitere Minuten, doch die fühlen sich an wie Stunden. Ständig überwinde ich mich innerlich, nur um im nächsten Moment wieder einen Rückzieher zu machen. Wir reden nicht viel währenddessen, sondern kuscheln uns nur unter die Decke und genießen unsere Zweisamkeit.

Immer wieder kommen wir uns näher. Und schließlich passiert es dann. Unsere Lippen berühren sich sanft und ich küsse sie zunächst vorsichtig, dann intensiver. Sie zieht zu keinem Zeitpunkt den Kopf weg oder macht sonst den Eindruck, dass sie es nicht wollen würde. Es ist alles so perfekt in diesem Moment – ein Moment für die Ewigkeit. Wir kuscheln, küssen uns und genießen jeden Augenblick in vollen Zügen. Ihre Lippen fühlen sich weich an, genauso wie ihre Haut. Mit jeder Berührung fühlt es sich an als würde sich ihr Körper immer weiter erhitzen. Die Stimmung zwischen uns beiden ist atemberaubend.

Doch gerade als ich mich an dieses wunderbare Gefühl gewöhne, klingt leider Mayas Handy.

„Oh Mann, meine Mum"', flüstert sie und verrollt dabei die Augen. „Da muss ich leider drangehen."

Sie küsst mich kurz und hält sich dann ihr Handy ans Ohr. Nach etwa einer halben Minute beendet sie wieder das Gespräch.

„Wir bekommen morgen früh Besuch von meinen Großeltern und meine Mutter möchte, dass ich dann ausgeschlafen bin. Ich muss jetzt leider heim gehen."

Enttäuscht schaue ich sie an und probiere, einen Hundeblick aufzusetzen. „Es tut mir leid, Fabi. Es war wirklich wunderschön heute mit dir. Wir sehen uns morgen wieder, versprochen. Gleich morgen früh schreibe ich dir eine Nachricht, okay?"

Sie setzt ein besänftigendes Lächeln auf. „Okay, Dann ist hoffentlich schnell Morgen."

Wir küssen uns noch einmal Mal ehe ich sie zur Haustür begleite.

„Schlaf gut, bis Morgen!" Ein kurzer Abschiedskuss und sie verschwindet durch den Vorgarten. Ein letztes Mal dreht sie sich in meine Richtung um und winkt mir zu. Ich winke zurück und schließe die Haustür.

Überglücklich falle ich in mein Bett und schließe die Augen. Schon jetzt kann ich es kaum erwarten, sie morgen endlich wieder küssen zu können.

## Brief Drei

Allerliebste Maya,

du kannst dir gar nicht vorstellen, was für ein schöner Tag heute für mich ist. Ich habe das Gefühl, die Sonne scheint nur für mich; ja sogar die Wiesen wirken im Sonnenschein bunter und vielseitiger als je zuvor. Oh Maya, meine liebste Maya, was bin ich nur so glücklich!

Aber zuallererst möchte ich mich bei dir für meinen letzten Brief entschuldigen. Ich gebe zu, dass ich viel zu voreilig sauer gewesen bin. Aber ich konnte ja nicht ahnen, wie du in Wirklichkeit über mich denkst. Als Beweis dafür, dass ich dich ehrlich verstanden habe, werde ich den Brief gleich heute noch entsorgen!

Denn heute ist der perfekte Tag dafür. Ich danke dir, dass du mich dazu aufforderst, auf dich zuzugehen. Denn dein Flirt mit diesem Fabi sollte mir ja nur zeigen, dass du möchtest, dass ich den ersten Schritt mache. Du traust dich nicht, mich anzusprechen, weil du zu schüchtern dafür bist. Das kann ich gut verstehen! Ich war früher auch immer ein sehr zurückhaltendes Kind – spürst du auch, wie viele Gemeinsamkeiten wir haben? Wie zwei Menschen, die füreinander geschaffen worden sind.

Du wolltest mit mir spielen, deshalb hast du so viel Zeit mit dem Jungen verbracht. Du wolltest mir zeigen, dass ich mich beeilen sollte, dich endlich anzusprechen. Genau deshalb habt ihr euch so oft an öffentlichen Plätzen getroffen, damit ich dich mit ihm sehen konnte.

Warum habe ich das jetzt erst verstanden? Es tut mir so leid Maya, aber gleich heute werde ich das wiedergutmachen!

Bevor wir ab heute für immer zusammen sein können, gilt es aber noch, einige Vorbereitungen zu treffen. Es soll dir an nichts fehlen bei mir! Denn ich möchte meine restliche Lebenszeit nur mit dir verbringen, mein Engel. Von mir aus könnten wir den ganzen Tag im Bett liegen und nichts tun; Hauptsache wir haben uns und niemand anderen sonst.

Du kannst dir ja nicht vorstellen, wie sehr ich mich auf dich freue – wobei, unsere Liebe ist so einzigartig, dass du es bestimmt auch kaum abwarten kannst, endlich bei mir zu sein. Ich habe dir sogar eine kleine Überraschung besorgt, aber verraten werde ich dir nichts. Deine Reaktion will ich nämlich sehen, wenn du bei mir bist! Du wirst Augen machen!

Nun muss ich mich aber beeilen, denn ich habe noch einiges zu erledigen. Heute Abend aber werde ich bei dir sein und den richtigen Moment abwarten, um dich anzusprechen.

Heute ist der schönste Tag in meinem Leben!

Dein L.

PS: Ich habe mich übrigens dazu entschieden, dir den ersten und diesen Brief vorzulesen, wenn du bei mir bist. Dann kann ich dir zeigen, dass es mir von Anfang an ernst mit dir war.

## Kapitel 4

Am nächsten Morgen frühstücke ich so ausgiebig wie schon lange nicht mehr. Zugegebenermaßen habe ich gestern Vormittag bereits eingekauft, weil es für mich möglich schien, dass Maya bei mir übernachten könnte. Leider ist das ja nicht passiert, da sie nachts nach Hause musste. Aber zum Glück hat sie mir versprochen, mir gleich nach dem Aufstehen eine Nachricht zu senden. Andauernd checke ich mein Handy nach neuen Nachrichten ab, aber bislang kam nur eine SMS von meiner Mum, ob bei mir alles in Ordnung sei und ob die Küche noch stehen würde. Humor hat sie ja. Es ist aber auch erst kurz nach zehn und vielleicht hat Maya tatsächlich einiges um die Ohren, da ihre Großeltern schon bei ihr angekommen sein dürften.
Nach dem Frühstück treffe ich mich mit Luke. Ich erzähle ihm vom gestrigen Abend und er kommt gar nicht mehr aus dem Staunen raus.
„Wow, du hast sie echt geküsst! Respekt! Ich wünschte, dass würde ich mich bei Isabelle auch trauen." Isabelle ist das Mädchen, mit dem sich Luke mittlerweile regelmäßig trifft.
„Hat aber auch ewig gedauert, bis ich mich endlich dazu überwinden konnte. Jetzt bin ich aber umso glücklicher, mich getraut zu haben und ihr hat es offensichtlich ja auch gefallen."
„Nur schade, dass sie dann so schnell weg musste."

„Das stimmt. Aber ich denke, dass wir uns heute oder spätestens morgen wieder treffen werden."

Während wir uns unterhalten, werfe ich immer wieder einen Blick auf den Display meines Handys, aber auf eine Nachricht von Maya warte ich weiterhin vergeblich.

Anscheinend schaue ich zu oft nach, denn Luke fällt es nach einiger Zeit auf.

„Wartest du auf eine wichtige Nachricht oder so?"

„Nee."

Kurz schweige ich und überlege, ob es ein klein wenig seltsam rüberkommt, wenn man seit zwei Stunden nach dem Aufstehen ständig wegen einer möglichen Nachricht von Maya aufs Handy schaut.

„Maya wollte mir heute Morgen direkt schreiben, doch das hat sie nicht. Vermute mal, dass sie im Stress ist."

„Jetzt mach dich noch mal nicht verrückt. Es wäre doch auch irgendwie komisch, wenn sie ständig nur an dir hängen würde, oder nicht? So lange kennt ihr euch jetzt auch noch nicht und sie hat bestimmt auch noch andere Dinge zu tun."

„Hm... ja, du hast recht. War dämlich von mir."

Verlegen schiebe ich mein Handy zurück in die Hosentasche.

„Lust eine Runde schwimmen zu gehen?", frage ich Luke.

„Ist wirklich heiß heute. Schon 29 Grad und es ist noch nicht einmal Mittag."

„Klar. Und wenn wir wieder zurück sind, hat Maya dir auch ganz sicher geschrieben."

Hat sie nicht. Wir waren bis nachmittags am See und haben uns dort mit einigen Freunden getroffen. Es war sehr entspannt und das kühle Wasser aus dem See war bei der sommerlichen Hitze genau das Richtige.

Gegen 15 Uhr bin ich mit dem Fahrrad wieder nach Hause gefahren und mein erster Blick aufs Handy Zuhause war sehr enttäuschend. Keine neue Nachricht von Maya. Mittlerweile müsste sie doch kurz Zeit gefunden haben, um mir wenigstens eine kurze Nachricht zu schreiben. Das dauert doch keine 30 Sekunden im Normalfall.

Will sie etwa nichts mehr mit mir zu tun haben? Dieser Gedanke hatte sich mir schon am See aufgedrängt; da wusste ich allerdings noch nicht, dass sich Maya nach wie vor nicht bei mir gemeldet haben würde.

Nachdem ich eine weitere halbe Stunde die unnötigsten Gedanken durch meinen Kopf geistern ließ, beschließe ich, ihr selbst kurz zu schreiben. Eventuell hatte sie im Laufe des Tages einfach vergessen, sich bei mir zu melden. Oder ich hatte sie letzte Nacht nur falsch verstanden und eigentlich wartet sie die ganze Zeit auf eine Nachricht von mir.

Dass sie mich absichtlich ignoriert, kann ich mir einfach nicht vorstellen. Dafür war der gestrige Abend doch viel zu schön gewesen und die Zeit davor mit mir hat ihr doch auch so gut gefallen, der nicht?

„Hi Maya, wollte nur kurz fragen, ob bei dir alles okay ist. Wollen wir uns morgen treffen? Fang es gestern sehr schön mit dir. Fabi" Ich drücke auf Senden.

Hm, die Nachricht wird nicht zugestellt, was bedeutet, dass sie ihr Handy ausgeschaltet hat. Hat es vielleicht keinen Akku mehr und ihr Ladekabel ist kaputt? Oder ist es ihr kaputt gegangen? Sie könnte es natürlich auch verloren haben. Normalerweise werden die Nachrichten an sie immer direkt zugestellt. Irgendetwas muss mit ihrem Handy passiert sein, denn ausschalten tut es nie, nicht einmal nachts.

Ein weiterer Gedanke keimt in mir auf. Es könnte noch einen weiteren Grund geben, weshalb sie sich nicht meldet und wieso meine Nachrichten an sie nicht zugestellt werden: Maya ignoriert mich tatsächlich mit Absicht. Dann hätte sie gestern nur so getan als gefiele ihr unser Treffen. Auf dem Heimweg hat sie mich dann schnell blockiert, um keinen Kontakt mehr mit mir zu haben. War das überhaupt ihre Mutter am Telefon? Musste sie überhaupt heimkommen oder wollte sie vielleicht eine Ausrede haben, warum sie plötzlich mitten in der Nacht nach Hause muss? Ich weiß ja nicht einmal, wo sie wohnt – hat sie das von Anfang an absichtlich vor mir verschwiegen?

Solche Gedanken kreisen mir noch den ganzen Abend durch den Kopf; auch meine Lieblingsserie kann mich nicht davon ablenken. Warum hat sie die ganze Zeit davor Kontakt zu mir gesucht, wenn sie ihn nun so augenblicklich abbricht? Wollte sie durch mich nur meine Freunde kennenlernen, um Anschluss in ihrem neuen Wohnviertel zu finden? Mit einem sehr mulmigen

Gefühl schlafe ich nachts irgendwann zwischen ein und zwei Uhr ein – ohne eine Nachricht von Maya.

Am nächsten Morgen dasselbe Bild wie vor dem Einschlafen: Keine neue Nachricht und schlechte Laune bei mir. Mittags treffe ich mich wieder mit Luke, doch selbst dabei drehen sich meine Gedanken ständig nur um sie.

„Ich sage es wirklich nur sehr ungern, aber mittlerweile kann es wirklich sein, dass Maya... nun ja, dass sie nur mit dir gespielt hat." Schweigend sitzen wir auf einer Parkbank am See.

„Tut mir wirklich leid, Fabi."

„Es hat sich alles so echt angefühlt mit ihr. Ich will das nicht glauben, dass sie mich verarscht hat. Ich kann das nicht."

„So wie es aussieht, musst du das aber. Leider..."

„Wäre auch zu schön gewesen, wenn sich so ein hübsches Mädchen in mich verliebt hätte."

„Bist du denn in sie verliebt?"

Ich schweige kurz. „Weiß ich nicht. Gefühle waren aber auf jeden Fall dabei. Du weißt doch, wie lange es bei mir dauert, bis ich mich mal so richtig verliebe. Ich denke, bei Maya hätte es passieren können. Und zwar schon ziemlich bald."


Am Abend sitze ich wieder alleine am Küchentisch; Luke ist nach unserem Treffen am See wieder nach Hause gegangen. Er hat mir aber angeboten, er würde jederzeit bei mir vorbeikommen, wenn ich jemanden zum Reden bräuchte. Alleine Zuhause zu sitzen ist nämlich nicht das Beste, um von blöden Gedanken abgelenkt zu werden, hatte er zu mir gesagt.

So sitze ich nun vor dem Fernseher, zappe ein bisschen durch die Sender und esse meine eben fertig gebackene Pizza mit extra viel Salami.

Auf einmal klingelt es an der Haustür.

Maya?! Das ist der erste Gedanke, der mir durch den Kopf schießt. Es klingelt erneut – da scheint jemand dringend etwas von mir zu wollen.

Ich renne die Treppe nach unten und öffne die Haustür. Ich blicke in die Augen eines Mannes um die 50 und einer etwas jüngeren Frau. Gesehen habe ich die beiden noch nie.

Sie machen einen traurigen, fast schon erschütterten Eindruck – vor allem die Frau sieht total verheult aus. Oh Gott, meinen Eltern ist doch hoffentlich nichts im Urlaub zugestoßen!

„Hallo. Bist du Fabian?", spricht mich die Frau stotternd an. Draußen ist es bereits stockdunkel.

„Ähm, ja. Und wer sind Sie?"

„Ich bin Mareike Frey und das ist mein Mann Sebastian. Du wirst uns vermutlich nicht kennen, oder?"

„Nein, tut mir leid. Ich kann mich beim besten Willen leider nicht an sie erinnern."

„Wir kennen uns ja auch gar nicht. Ich dachte nur, dass sie dir vielleicht unsere Namen mitgeteilt hätte?"

Kurz verschwimmen meine Gedanken. „Sie?", frage ich erstaunt und kann mir im gleichen Moment die Antwort schon denken. Ich weiß, wer da vor mir steht. Trauernd und ohne Hoffnung in den Augen.

„Wir sind die Eltern von Maya."

# Kapitel 5

Die Sonne scheint hell durch unser großes Küchenfenster. Draußen ist es warm, der Sommer ist richtig angebrochen. Es ist so still auf der Straße, dass man trotz geöffneter Fenster abgesehen von den Vogelgeräuschen nichts von draußen wahrnimmt.

All das passt nicht auch nur im Ansatz zu dem, was sich gerade in unserer Küche abspielt.

„Wir haben Maya seit Samstagvormittag nicht mehr gesehen."

Die Worte stechen wie ein Messer in meine Brust. Ich hatte Mayas Eltern hereingebeten und wir haben zu dritt Platz genommen. Ich habe sofort bemerkt, dass irgendetwas nicht stimmt, denn die Stimmung war sehr gedrückt. Doch mit einer solchen Hiobsbotschaft habe ich nun wirklich nicht gerechnet.

„Nachmittags, so gegen 15:30 Uhr, ist sie losgegangen. Wir wussten, dass sie zu dir geht. Sie hat von dir erzählt und uns beschrieben, wo du wohnst." Mareike ist ihre Aufregung sehr anzumerken; ständig kämpft sie gegen die Tränen an, kommt regelmäßig ins Stottern und zudem streichelt Sebastian ihr die ganze Zeit zart über den Rücken.

„Weißt du, wo sie ist?", übernimmt Mayas Vater, ein großgewachsener, im Anzug gekleideter Mann nun das Gespräch.

„Nein, leider nicht. Maya ist nach ihrem Anruf direkt nach Hause gegangen. Danach hat sie sich nicht mehr bei mir gemeldet." Dass ich in dem Glauben war, sie täte dies, um mich zu ignorieren, lasse ich lieber außen vor.

„Tatsächlich hat sie Mareike auf dem Heimweg noch eine Nachricht gesendet." Ich schaue Mayas Vater erstaunt an. „Das war gegen zehn nach zwölf. Sie schrieb, dass sie nun auf dem Heimweg und bald Zuhause sei."

Er schweigt kurz; nun treten auch ihm Tränen in die Augen, die er mit einer groben Handbewegung schnell wegwischt.

„Ist Maya denn schon einmal... abgehauen?", frage ich vorsichtig.

„Nein! So etwas würde meine Tochter nie machen!", antwortet mir Mareike resolut. „Sie ist das liebste Mädchen der Welt – so etwas würde sie uns niemals antun!" Sie kann den Tränen nicht mehr standhalten, ihr Mann nimmt sie tröstend in den Arm.

„Hast du dich denn nicht gewundert, wieso sich Maya nicht mehr bei dir gemeldet hat?", fragt mich Sebastian.

„Doch, das habe ich. Ich habe schon gedacht, sie ignoriert mich, weil ich etwas falsch gemacht habe." Es weiterhin zu verschweigen, wäre sinnlos gewesen.

„Nein, das kann ich mir beim besten Willen nicht vorstellen. Maya hat immer nur positiv von dir berichtet." Ein kleines Loch in meinem Herzen schließt sich soeben – sie hat mich also nicht belogen und verarscht. Dafür wurde ein anderes, viel größeres Loch verursacht: Wo ist Maya?

„Es war unsere letzte Hoffnung, dass Maya bei dir ist oder dass du weißt, wo sie ist." Mareike muss seit Samstag nicht mehr geschlafen haben, denn ihre Augen hängen auf Halbmast. Die lockigen blonden Haare sind total zerstreut und ihre mühsam aufgetragene Schminke wurde durch die Tränen im ganzen Gesicht verteilt.

„Dann werden wir heute Abend noch zur Polizei gehen müssen", stellt Sebastian mit einem Seufzen fest. Mareike weint mittlerweile ununterbrochen. Dann frage ich ihn, was die ganze Zeit über schon auf dem Tisch liegt, sich bislang aber noch keiner getraut hat anzusprechen.

„Denken Sie,... dass Maya etwas zugestoßen ist?"

Schweigend blicken wir uns in die Augen.

„Ich kann mir nicht vorstellen, dass Maya weggelaufen ist, ohne uns Bescheid zu geben. Das würde unsere Tochter niemals machen; dafür lege ich meine Hand ins Feuer!"

Diese Antwort sagt alles.


Etwa zwanzig Minuten später verabschiede ich mich von Mayas Eltern und schließe die Haustür. Ich muss mich an der Stuhllehne festhalten, um nicht zusammenzusacken.

Wurde Maya entführt? Oder sogar noch schlimmer – hat sie jemand ermordet? Aber warum? Und wer? Wer könnte so etwas Grausames tun?

Mein Kopf scheint zu explodieren. Und ich Idiot dachte noch, Maya würde mich absichtlich ignorieren. Schön wäre es, denn dann wäre sie jetzt zumindest in Sicherheit.

Doch wo ist sie jetzt? Warum habe ich sie nicht nach Hause begleitet, sondern ein 18-jähriges Mädchen nachts allein durch einen Vorort laufen lassen? Was ist nur falsch mit mir?!

In dieser Nacht schlafe ich kaum. Meine Gedanken kreisen nur um Maya. Ich hatte kurz überlegt, Luke anzurufen und ihm von allem zu erzählen, doch ich ließ es dann lieber bleiben. Zuerst musste ich selbst einmal meine vielen Gedanken ordnen. Zwischen 3:06 Uhr und 4:12 Uhr schien die Zeit in Zeitlupe zu verlaufen, dann das Wachliegen dauerte eine gefühlte Ewigkeit.

Schließlich muss ich doch irgendwie eingeschlafen sein, denn als ich durch unsere Haustürklingel geweckt werde, scheint bereits die Sonne durch mein Zimmerfenster. Wer klingelt denn bitteschön um 8 Uhr morgens bei mir? Die Polizei. Vor der Haustür wartet ein Polizeibeamter und ein weiterer Mann im Anzug. Mit diesem Besuch hatte ich bereits gerechnet – Mayas Eltern sind gestern Abend ja noch zur Polizei gegangen.

„Guten Abend, mein Name ist Conrad Breuer und dies ist mein Kollege Fabian Bräster. Wir sind von der Kriminalpolizei und wir würden dir gern ein paar Fragen zu Maya Frey stellen. Dürfen wir hineinkommen?"

„Ja, klar." Schon beim Händeschütteln mit dem Kommissar fällt mir auf, dass er nicht nur sehr entschlossen auftritt, sondern sich auch so verhält. Er dürfte Mitte dreißig sein, hat schwarze kurze Haare und ist einen guten Kopf größer als ich. Ein Stoppelbart ziert sein dunkles Gesicht. Dieser Mann scheint regelmäßig Urlaub in der Karibik zu machen, so gut gebräunt wie er aussieht.

„Wollen Sie etwas trinken?"

„Gern, ein Glas Wasser bitte." Wir setzen uns an den gleichen Tisch, an dem mir Mayas Eltern gestern von dem Verschwinden erzählt haben.

„Also, Fabian, wie du wahrscheinlich mitbekommen hast, wird Maya seit Samstagnacht vermisst. Ihre Eltern haben mir erzählt, dass ihr in letzter Zeit viel gemeinsam unternommen habt. Wie ist denn euer Verhältnis zueinander?"

„Ich kenne Maya erst seit einigen Tagen. Sie ist vor Kurzem mit ihren Eltern und ihrer kleinen Schwester hierhergezogen. Wir haben uns sofort gut verstanden und außer mir kannte sie anfangs niemanden hier. Deshalb habe ich sie meinen Freunden vorgestellt, ihr schöne Plätze gezeigt und ihr von der Umgebung erzählt."

„Wart ihr nur Freunde oder mehr, bevor sie verschwunden ist?" Breuer geht direkt ohne Umschweife in die Tiefe.

„Eher mehr. Wir... haben uns geküsst, dann ist sie aber verschwunden."

Der Kommissar mustert mich genau. „Du bist die letzte Person, die Maya am Samstagabend gesehen hat. War sie in irgendeiner Weise nervös?"

„Nein, gar nicht. Wir haben einen entspannten Abend miteinander verbracht, bis schließlich ihre Mutter angerufen und sie nach Hause beordert hat."

„Das hat uns Frau Frey bestätigt. Um 23:51 Uhr hat sie mit ihrer Tochter kurz telefoniert, das haben wir bereits geprüft. Auch Frau Frey konnte uns bestätigen, dass Maya ganz normal auf sie gewirkt hat." Er macht eine kurze Pause, trinkt einen Schluck und beobachtet mich dabei eindringlich. „Wann hat Maya dein Haus verlassen?"

„Das muss ziemlich genau um Mitternacht gewesen sein."

„Hm... kann das jemand bestätigen? Hat jemand gesehen, wie Maya das Haus verlassen hat?"

Bitte was? Verdutzt blicke ich den Kommissar an. „Wie meinen Sie das?"

„Du hast meine Frage schon verstanden, Fabian."

„Ähm, nein. Ich bin zurzeit ja alleine Zuhause. Meine Eltern sind für zehn Tage im Urlaub."

„Hat es dich gestört, dass Maya nach dem Anruf ihrer Mutter so plötzlich nach Hause gehen musste? Immerhin hattet ihr euch deiner Aussage zufolge das erste Mal geküsst und wenn Maya die ganze Nacht geblieben wäre... wer weiß, was dann noch gefolgt hätte."

Worauf wollte dieser Breuer hinaus? Ich verstehe seine komischen Fragen nicht – wie soll ihm das denn bei der Suche nach Maya helfen?

Es wird schon einen Grund haben, denke ich mir, weshalb ich weiterhin ganz geduldig Antworten gebe.

55

„Natürlich hätte ich mich gefreut. Aber ich konnte verstehen, dass sie nach Hause muss. Denn am nächsten Morgen sollte sie ja Besuch von ihren Großeltern bekommen."

Breuer dreht während der Befragung die ganze Zeit einen Kugelschreiber zwischen seinen Fingern, während sein Kollege aufmerksam mitschreibt. Anscheinend passt dem Kommissar etwas nicht, denn er zieht seine Augenbrauen zusammen und rückt näher an mich heran.

„Du hättest kein Problem damit, wenn wir uns nachher bei dir im Haus etwas umsehen?"

Warum denn das? Auf einmal leuchtet mir ein, worauf Breuer hinaus will.

„Sie glauben doch nicht wirklich, dass ich etwas mit Mayas Verschwinden zu tun habe?"

„Nun ja, du warst die letzte Person, bei der sich Maya unseres Wissens nach aufgehalten hat. Es gibt keine Zeugen, die bestätigen können, was im Haus abgelaufen ist und ob sie tatsächlich den Heimweg angetreten hat."

Das klang in der Tat verdächtig – aber ich würde doch niemals jemandem etwas antun?!

„Wenn du nichts zu verbergen hast, brauchst du ja auch nichts zu befürchten, wenn wir uns etwas umschauen, oder?"

Er will mit dieser Frage meine Reaktion testen. Empört antworte ich: „Können Sie machen. Ich habe aber damit nichts zu tun! Ich mag Maya sehr, warum sollte ich ihr also etwas antun?"

„Das frage ich mich auch." Kurzes Schweigen. „Aber es ist ja nur eine Vermutung, also ganz ruhig, Fabian. In etwa einer Stunde werden einige Kollegen dann die Hausdurchsuchung vornehmen. Ich bräuchte jetzt noch deine Kontaktdaten und deinen Fingerabdruck."

Beides bekommt der Kommissar von mir, dann wendet er sich zum Gehen ab.

„Maya hat ihrer Mutter doch auf dem Heimweg eine Nachricht gesendet. Da müssen Sie doch sehen können, dass sie zu diesem Zeitpunkt nicht mehr bei mir war."

„Die Ortung des Handys wurde bereits in Auftrag gegeben, aber das wird sicherlich noch ein paar Tage dauern, bis uns die Ergebnisse vorliegen." Er öffnet die Haustür und sein Kollege tritt nach draußen. Ein letztes Mal wendet sich Breuer zu mir. „Bleib bitte erreichbar, Fabian. Wir werden uns mit Sicherheit wiedersehen." Sein Blick dabei gefällt mir gar nicht.

Als er endlich weg ist, realisiere ich erst so richtig, dass ich verdächtigt werde, Maya etwas angetan zu haben. Dieser Gedanke verflüchtigt sich auch nicht als die Spurensicherung mittags wieder abrückt, ohne irgendwelche Spuren in meinem Haus gefunden zu haben. Breuer sieht in mir eindeutig den Hauptverdächtigen, aber wer kann es ihm schon verübeln? Die bisherigen Indizien sprechen eindeutig gegen mich. Ich kann nur hoffen, dass er sich nicht nur auf mich bei der Suche nach Maya konzentriert, denn so würde sie nicht wiedergefunden werden. Und das ist immer noch das Wichtigste!

Am Abend bekomme ich noch einen Anruf von meinen Eltern aus dem Urlaub. Nachdem sie mir von ihren ganzen Erlebnissen berichtet haben, beschließe ich, ihnen von Maya zu erzählen. Früher oder später würden sie es sowieso erfahren.

Also erzähle ich von unserem Kennenlernen, unseren Treffen und schließlich auch von ihrem Verschwinden. Sogar von der Polizei erzähle ich ihnen. Als ich fertig bin, herrscht erst einmal Schweigen.

„Das kann doch nicht sein! Und was denkt die Polizei, was mit dem Mädchen passiert ist?", fragt mich meine Mutter nach einigen Sekunden.

„Das haben sie nicht gesagt. Ihre Eltern gehen aber von einem Verbrechen aus, weil sie Maya nicht zutrauen, dass sie freiwillig weglaufen würde. Mit ihren Eltern habe ich mich gestern unterhalten."

„Ich kann mir gar nicht vorstellen, dass in unserem Ort so etwas Schreckliches passieren kann." Wieder ein kurzes Schweigen. „Wie fühlst du dich Fabian? Sollen wir früher heimkommen? Das wäre gar kein Problem für uns!"

„Nein, bitte nicht wegen mir. Das hilft auch niemandem weiter. Mir geht es soweit okay, aber ich hoffe, dass die Polizei so schnell es geht mit der Suche nach ihr beginnt."

„Hoffentlich ist das alles doch irgendwie ein großer Irrtum, das arme Mädchen!"

Wir unterhalten uns noch kurz, ob sie nicht doch vorzeitig zurückkommen sollen, doch ich versichere ihnen so oft es geht, dass es nicht nötig ist. Schließlich geben sie endlich nach und ich lege auf.

Ich denke, es war die richtige Entscheidung, ihnen von Maya zu erzählen. Mit Luke will ich erst morgen darüber reden, denn Mayas Geschichte habe ich für heute oft genug erzählt.


Der Donnerstag ist noch heißer als die Tage zuvor schon. Ich sitze mit Luke und Hannah am See – ich musste raus aus unserem Haus, wo mich die ganzen negativen Gedanken aufzufressen schienen.

Auch den beiden erzähle ich von Mayas Schicksal, wobei Luke den Großteil des schönen Parts aus meinen Erzählungen schon kennt.

„Oh mein Gott, Fabi! Glaubst du wirklich, Maya ist etwas zugestoßen?" Hannah hatte sich einmal kurz mit Maya unterhalten als ich sie meinen Freunden vorgestellt habe.

„Ich weiß es nicht. Ich wünschte, es gäbe eine harmlose Erklärung – aber das scheint nicht der Fall zu sein. Weder die Polizei noch ihre Eltern scheinen daran zu glauben."

„Hast du sie denn schon gesucht?", fragt Luke nachdenklich. Er hatte während meiner Erzählung durchgängig geschwiegen.

„Nee, dafür ist doch die Polizei da."

„Du hast doch selbst gesagt, dass die Polizei von etwas sehr Schlimmen ausgeht und anscheinend gar keine anderen Optionen abwägt. Warum gehst du dann nicht diesen Optionen nach? Ich würde dir auch helfen."

Daran habe ich noch gar nicht gedacht. Anstatt selbst einmal nach Maya zu suchen, habe ich vier Tage nur mit Nachdenken verbracht, ohne wirklich tätig zu werden.

„Selbst wenn wir keine Spur finden – was auch sehr wahrscheinlich ist – würde es dir doch mehr helfen als nur daheim herumzusitzen und schlecht gelaunt zu sein, oder?", legt Luke nach. Hannah sagt gar nichts dazu.

„Vielleicht hast du recht. Wir könnten uns ja mal etwas im Wald oder anderen einsamen Orten hier umschauen."

„Das ist die richtige Einstellung! Dann lass uns gleich heute Nachmittag mit dem Waldgebiet hier am See beginnen – wir haben keine Zeit zu verlieren!" Lukes Motivation wirkt ansteckend.

„Denkst du, dass ist eine gute Idee?", frage ich Hannah. Sie ist die Intelligenteste von uns und ihre Meinung ist mir sehr wichtig.

„Ich denke schon. Ihr schadet damit ja niemandem. Aber seid auf jeden Fall vorsichtig! Wenn der mögliche Täter etwas von eurer kleinen Suchaktion mitbekommt, will ich nicht wissen, zu was er noch fähig ist. Wer so etwas Schreckliches tun kann, ist meiner Meinung nach zu allem fähig."

Ich denke kurz nach, dann widme ich mich wieder Luke zu. „Also gut, dann lass uns um 15 Uhr wieder am See treffen."

„Machen wir so. Und Maya wird schon wieder auftauchen; vielleicht finden wir sie ja sogar."

Wir verabschieden uns und ich fahre nach Hause, um vor unserer Suche noch duschen zu gehen.

# Kapitel 6

Wir suchen mittlerweile bereits seit einer Stunde das Waldgebiet rund um den See nach Spuren ab. Das einzige, was wir bisher finden konnten, sind jede Menge Plastikmüll, einige leere Hochsitze von Jägern sowie ein paar tierische Waldbewohner – von Maya aber keine Spur.

„Was hoffen wir eigentlich zu finden? Eine Hütte, aus der verzweifelt Mayas Schreie dringen?"

„Zum Beispiel. Die meisten Entführer verstecken ihr Opfer an abgelegenen Orten wie beispielsweise ein Keller oder eine Hütte."

Die meiste Zeit schweigen wir beim Laufen. Aus der Ferne höre ich auf einmal ein lautes Krachen.

„Sieht so aus als würde heute Abend noch ein schönes Gewitter aufziehen." Tatsächlich hat sich der Himmel sehr verdunkelt, graue Wolkenfelder verdecken das schöne sommerliche blau am Himmel.

„Lass uns diesen Weg noch bis zum Ende gehen und dann wieder umdrehen. Machen wir lieber morgen weiter, wenn das Wetter besser ist."

„Klar, kein Problem", antwortet Luke. Also suchen wir weiter hinter Bäumen und Sträuchern, an Hochsitzen und Lichtungen. Finden tun wir aber nichts. Wäre ja auch zu schön gewesen.

Also machen wir uns auf den Heimweg, während es zu regnen beginnt. Als ich schließlich eine Viertelstunde später vor meiner Haustür stehe, hat es bereits begonnen, wie aus Eimern zu schütten. Zum Glück hatte ich eine Regenjacke dabei, weshalb ich noch halbwegs trocken bin.

Zuhause rufe ich als erstes Hannah an, denn wir hatten ihr versprochen, von den Ergebnissen unserer Suchaktion Bericht zu erstatten.

„Oh, das ist sehr schade. Aber gut, dass ich beide jetzt wieder daheim seid. Es zieht echt ein ordentliches Unwetter auf."

„Ja, wir haben es rechtzeitig aus dem Wald hinausgeschafft. Ich weiß aber trotzdem nicht, was ich nun machen soll. Einfach nur abwarten, bis sich die Polizei bei mir meldet – das kann ich nicht. Ich werde morgen auf jeden Fall weitersuchen."

„Die Zeit ohne deine Eltern hast du dir bestimmt anders vorgestellt, hm?"

„Ich hatte mir schon überlegt, wie ich mit Maya einen Filmabend mache, wir gemeinsam kochen, sie bei mir übernachtet... und jetzt ist alles anders."

„Das werdet ihr definitiv nachholen, Fabi. Da bin ich mir ganz sicher." Es tut gut, solch tröstende Worte von Hannah zu hören. „Danke für deinen Anruf. Ich hoffe, du kannst trotz allem etwas schlafen."

„Das hoffe ich auch. Danke für deine aufmunternden Worte. Die kann ich wirklich gut gebrauchen."

In der Nacht werde ich immer wieder von Albträumen geweckt. Andauernd taucht Mayas Gesicht auf, immer wieder weint sie. Ich sehe, wie sie leidet, kann ihr aber nicht helfen. Erst jetzt wird mir so richtig bewusst, wie sehr ich eigentlich unter Mayas Verschwinden leide.

Die ganze Zeit über habe ich auf coolen ,Jungen getan, dem man nichts anmerken kann. Doch im Inneren bin ich völlig zerrissen. Ständig kreisen meine Gedanken darum, was mit Maya passiert ist und wo sie gerade ist.

Lebt sie überhaupt noch? Daran will ich gar nicht erst denken. Wurde sie entführt und wird jetzt gefangen gehalten? Von wem wurde sie entführt? Einem Vergewaltiger, der sich nachts an einem wehrlosen Mädchen vergnügt? Wo hat er sie dann versteckt?

Es reicht; das wird nichts mehr mit dem Schlaf in dieser Nacht. Seit über einer Stunde liege ich wach und ein Blick aufs Handy verrät mir, dass es 4:06 Uhr ist. Das Gewitter draußen ist vorbeigezogen und ich liebe die frische Luft nach dem Regen.

Also ziehe ich mir meine schwarze Jogginghose an und streife mir einen Pulli über. Langsam laufe ich die Treppe nach unten, greife nach dem Haustürschlüssel und verlasse so leise es geht das Haus.

Ich habe nicht zu viel erwartet – die Luft war tatsächlich wundervoll. Direkt spüre ich, wie meine restliche Müdigkeit davonfliegt. Ich laufe etwas die Hauptstraße nach hinunter. Das Unwetter hat wirklich tolle Arbeit geleistet, überall liegen abgebrochene Äste auf der Straße und zerflatterte Zeitungen fliegen durch die Gegend. Die armen Zeitungsausträger morgen, die werden mit Sicherheit keinen Spaß daran haben, die verteilten Prospekte wieder zusammenzutragen.

Nach wie vor weht ein recht starker Wind und es tröpfelt immer noch minimal vom Himmel herunter. Sogar einige Mülltonnen aus der Nachbarschaft wurden von den Windböen umgeschmissen. Vor dem Eckhaus, dass die Besitzer bestimmt eine Million Euro gekostet haben dürfte, ist ein Mülleimer quer über die Terrasse auf die Straße geweht worden.

Als ich daran vorbeilaufe, erkenne ich im gelblichen Licht der Straßenlaternen, dass es der Mülleimer neben der Bushaltestelle um die Ecke ist, der dort auf der Straße liegt. Zigaretten, Zeitungen, Essensreste... alles liegt kreuz und quer auf der kleinen Kreuzung verteilt.

Aus der Ferne höre ich ein Auto, das wenige Sekunden später an mir vorbeifährt und nur mit einer großen Kurve um den verteilten Müll herumfahren kann. Bevor es noch einen Unfall wegen dem Teil gibt, rolle ich es lieber zurück auf den ‚Fußgängerweg. Ich habe ja sowieso noch viel Zeit, ehe endlich der Morgen anbricht.

Vorsichtig betrete ich die Straße und rolle den Mülleimer zur Seite. Dabei fallen einige Zeitungen heraus, die ich gleich noch einsammeln werde. Erst jetzt erkenne ich, dass es sich dabei um Zeitungen handelt, die ich selbst vor Kurzem noch ausgetragen habe. Na, das hat sich ja gelohnt, wenn sie sowieso nur weggeworfen werden. Was hier so alles liegt... ohne Ende Müll, sogar ein handgeschriebener Brief ist dabei, wie ich soeben

65

erkennen kann. Da hat wohl jemand einen Liebesbrief geschrieben und dann doch noch kalte Füße bekommen. Da muss ich sogar lachen.

Spaßeshalber nehme ich den zerknitterten Brief in die Hand. An wen geht denn dieses romantische Werk? Ich falte das Papier auseinander – und stocke auf einmal. Schockiert sehe ich auf den Brief. Das kann doch nicht wahr sein. Jemand hat einen Brief an Maya geschrieben. An meine Maya? Das ist doch nicht möglich. Schnell überfliege ich den Brief und stoppe erschrocken mit dem Lesen als plötzlich auch mein Name auftaucht. Dieser Brief geht tatsächlich an meine Maya. Und wer auch immer ihn geschrieben hat, scheint mächtig eifersüchtig auf mich zu sein. Er scheint sich Hals über Kopf in Maya verliebt...

Stopp. Auf einmal scheint sich in meinem Kopf ein Schalter umzulegen. Dieser Brief hier wurde an Maya geschrieben. Von jemandem, der fast schon krankhaft eifersüchtig auf mich wirkt. Laut dem Datum wurde der Brief nur wenige Tage vor letztem Samstag verfasst.

Auf einmal wird mir klar: Wer auch immer diesen Brief geschrieben hat, muss kurz danach hier in der Straße gewesen sein und den Brief weggeworfen haben. Möglicherweise, weil er jetzt nicht mehr auf mich eifersüchtig sein muss. Denn Maya ist jetzt bei ihm. Dieser Brief in meinen Händen – er wurde von Mayas Entführer geschrieben!

## Brief Vier

Liebe Maya,

endlich bist du bei mir! Endlich sind wir zusammen – ich bin so unendlich glücklich. Seit du bei mir bist, ist es die schönste Zeit meines Lebens und das nur dank dir.

Für dich habe ich extra einige Vorbereitungen getroffen, wie ich es dir im letzten Brief ja schon erzählt habe. Zunächst einmal hat es wirklich lange gedauert, um einen passenden Ort zu finden, wo nur wir beide ganz ungestört sein können.

Lange habe ich nachgedacht, bis mir auf einmal mein Vater in den Kopf kam. Dieser Gedanke muss mir vom Schicksal gesendet worden sein! Genauso, wie das Schicksal uns zusammengeführt hat!

Mein Vater besitzt eine kleine Jagdhütte – allerdings schaut er dort nur sehr selten vorbei. Früher war er dort oft ein ganzes Wochenende allein und hat mich Zuhause zurückgelassen. In dieser Zeit konnte ich nur mit meiner Mutter sprechen – sonst wäre ich völlig alleine gewesen.

Diese Hütte ist wirklich wie für uns beide geschaffen, Maya. Ich schreibe deinen Namen so gerne. Sie liegt mitten im Wald in der Nähe von der Wohnung, in der ich früher gewohnt habe. Dort blüht es im Frühling so zauberhaft – du wirst dich bestimmt darauf freuen. Kein Waldweg führt dorthin, sondern nur ein kleiner selbstgeschaffener Gang an Büschen und Bäumen vorbei. In dieser Hütte sind wir wirklich komplett ungestört, Maya!

Allerdings musste ich irgendwie an den Schlüssel für die Hütte kommen und da gab es nur einen einzigen Weg: Ein Besuch bei meinem Vater, um ihm den Schlüssel zu stehlen. Er wird es gar nicht bemerken, denn er hat den Wald bestimmt seit Jahren nicht mehr betreten. Das erzählte er mir zumindest als ich ihn dann tatsächlich besucht habe.

Seine Wohnung liegt etwa eine Stunde mit dem Auto von mir entfernt. Es muss um die Mittagszeit gewesen sein als ich in die Straße einbog, in der ich schon so lange nicht mehr gewesen bin. Alles sieht noch genauso aus wie früher. Grau in grau stehen die Mehrfamilienhäuser nebeneinander, keine einzige Blume ist auf den zahlreichen Balkonen zu erkennen. Auch der Asphalt der Straße wurde seit Ewigkeiten nicht mehr erneuert – ein Schlagloch reiht sich an das nächste. Es ist so ein trister Ort, ohne andere Farben außer grau.

Nur einige Graffitis zieren die veralteten Häuserwände, an denen an mehreren Stellen zu erkennen ist, dass der Putz schon abfällt. Alles ist so wie früher.

Nachdem ich geparkt habe, laufe ich so schnell ich kann zu dem Haus, wo mein Vater wohnt. Dort steht immer noch sein Name einsam auf dem Klingelschild. Es widert mich an, die Klingel zu betätigen. Ich hatte mir so gut zurecht gelegt, was ich ihm sagen würde, damit ich unauffällig den Schlüssel mitgehen lassen konnte. Doch in dem Moment, wo ich vor der Haustür stand, schienen meine Nerven zu versagen. Und dann fing es wieder an.

Mein Kopf zuckt nach hinten, verkrampft und vibriert. Seit ich ein kleiner Junge war, passiert mir das immer wieder, sobald ich unter Druck stehe. Als ich 14 war, musste ich deswegen sogar einmal zum Psychiater. Der meinte dann zu meinem Vater, dass ich an einer Psychose und solchem Kram leiden würde. Lächerlich. Doktor Trayczek hätte besser mal meinen Vater untersuchen sollen. Eine soziale Phobie hätte ich außerdem noch – ach ja? Wer hat sich denn die ganze Zeit betrunken, während er seinen Sohn allein Zuhause ließ?

Beinahe wäre ich wieder zurück zum Auto gegangen und hätte die ganze Idee in die Tonne geschmissen. Aber dann tauchte wieder dein hübsches Gesicht mit deinem süßen Lächeln in meinen Gedanken auf. Ich musste es tun – für uns!

Also klingelte ich und wartete, bis mein Vater die Haustür öffnete. Das Verkrampfen und Zucken hatte mittlerweile zum Glück aufgehört; ich wollte auf jeden Fall selbstbewusst vor meinem Vater auftreten. Er sollte denken, dass ich stärker bin als er.

Und er staunte tatsächlich nicht schlecht als er die Wohnungstür öffnete und seinen einzigen Sohn dahinter erblickte – natürlich hielt er eine Flasche Whiskey in der Hand. „Lukas!" Meinem Vater war das Erstaunen in Kombination mit seinem Alkoholpegel anzusehen. Der Überraschungsmoment lag eindeutig auf meiner Seite.

„Hallo, Vater. Kann ich reinkommen?" Ihm ging das Staunen gar nicht mehr aus dem Gesicht; es war zugegebenermaßen nicht unbedingt ein freudiges Staunen.

„Ja, ja. Ähm... was führt dich denn zu mir, mein ‚Sohn?"

Also erzähle ich ihm die gesamte ausgedachte Geschichte. Von einer Frau, die ich kennengelernt habe, die sich gerne alte Kinderfotos von mir ansehen möchte, welche noch bei ihm in der Wohnung liegen würden. Natürlich schmückte ich die ganze Geschichte noch mit unnötigen Details aus, damit es glaubhafter wirkte.

Während dem Erzählen schaute ich mich ganz genau in der Wohnung um. Alles sah noch genauso altmodisch aus wie früher und es stinkt immer noch extrem nach Zigarettenrauch. Wenn mein Vater nicht so ein Arschloch wäre, könnte er einem fast leidtun. Tat er mir aber nicht. Kein Stück.

Als ich fertig mit meiner Erzählung war, bat ich ihn, mir die alten Fotos zu bringen – und mein Plan ging tatsächlich auf. Torkelnd verließ der alte Mann mit der Whiskey-Flasche die Küche in Richtung meines alten Zimmers. Ich hatte zu keiner Sekunde auch nur ansatzweise das Bedürfnis, meinen alten Raum wiederzusehen. Ich verbinde nicht eine schöne Sekunde damit.

Wenn er nicht so stark angetrunken wäre, hätte er sicherlich noch größere Augen gemacht als ich ihm von dieser Frau erzählte, mit der ich mich angeblich seit Wochen regelmäßig treffe. Als er aus dem Raum verschwunden war, ging ich sofort zu dem kleinen hölzernen Wandschrank am Türeingang, wo früher immer die Schlüssel gelegen haben. Und dort lag er tatsächlich auch noch – sogar mit dem gleichen braunen Schlüsselanhänger wie vor gut 20 Jahren. Schnell habe ich ihn mir geschnappt, den Schrank wieder verschlossen und schon saß ich wieder am Küchentisch. Ich hätte mir auch noch mehr Zeit lassen können, denn Vater brauchte noch ewig, um schließlich mit zwei eingestaubten Fotoalben zurück in die Küche zu kommen.

Während wir uns noch kurz oberflächlich unterhielten, fühlte ich ständig in meiner Hosentasche nach, ob der Schlüssel noch da war. Er war es. Der Schlüssel zu unserem Liebesnest!

Nachdem ich mich wenig später von ihm verabschiedet hatte, ging ich überglücklich zurück zum Auto und fuhr direkt wieder nach Hause. Allerdings wird mein neues Zuhause viel schöner sein – nämlich mit dir zusammen in dieser Waldhütte!

Auf dem Rückweg hielt ich noch kurz an einem Waldstück an. Mich interessierte ein bisschen, welche Bilder in den beiden Alben waren. Es waren alle möglichen Fotos mit meinem Vater, wie ich als kleiner Junge aufgewachsen bin. Alle Fotos natürlich nur mit lächelnden Personen, vor allem mein Vater.

„Dein liebevoller Papa" steht unter einem Bild von uns geschrieben, wo er mich als Baby in der Hand hält. Wie verlogen kann man nur sein! Liebevoll? Dass ich nicht lache!

Ich stieg aus dem Auto aus und legte die beiden Alben auf eine Bank. „Na dann, mach es gut, mein liebevoller Vater", sagte ich, während ich die Alben mit einem Streichholz in Brand setzte. Es war so schön, die Bilder in den Flammen zu beobachten. So starb mein Vater noch mehr für mich – und das war so unglaublich befriedigend.

Als ich an der Waldhütte ankam, fühlte ich mich so stark wie schon lange nicht mehr. Meinen Vater auf den Bildern brennen zu sehen, erfüllte mich voll und ganz mit Genugtuung.

Die Hütte – unser Ort, Maya – sieht noch genauso aus wie in meinen Vorstellungen. Ein hölzerner Zaun um das Grundstück herum; in der Mitte des Geländes die alte Holzhütte. Spinnenweben an den Wänden, die ich für dich selbstverständlich noch entfernt habe. Das Gras vor der Eingangstür ist schon lange nicht mehr gemäht worden und die vielen Bäume rund um das Grundstück sorgen dafür, dass dieser kleine Ort so unscheinbar wirkt, dass wohl nicht einmal ein Jäger stutzig werden würde.

In der Hütte selbst habe ich es uns sehr romantisch und kuschelig zubereitet. Das Doppelbett habe ich neu bezogen, ein paar Blumen in einer Vase auf den Essenstisch gestellt und einige Rosenblätter über dem Bett verteilt. Dieser Ort soll dir genauso gefallen wie mir, Maya!

Damit war alles für deine Ankunft vorbereitet. Jetzt fehlte nur noch das Wichtigste: Du. Ich wollte dich unbedingt ansprechen, wenn keine weiteren Leute dabei sind, damit wir uns von Anfang an nur für uns beide haben können.

Ich fuhr am frühen Nachmittag zu deinem Haus, um den perfekten Moment abzupassen, damit ich dich endlich ansprechen konnte. Nach etwa einer halben Stunde Wartezeit kamst du aus dem Haus. Wow. Du siehst in echt noch viel schöner aus als in meinen Vorstellungen. Deine Haare wehen sanft im leichten Sommerwind, während du in eine kleine Nebenstraße einbiegst. Ich folgte dir mit einigem Abstand, denn so ganz konnte ich meine Zurückhaltung noch nicht überwinden.

Schnell erahnte ich, wo du hinwolltest – zu diesem Jungen. Du musst also doch irgendwie mitbekommen haben, dass ich bereits da war, denn du wolltest mich schon wieder eifersüchtig machen. Du spielst so gerne mit mir. Und dafür bin ich dir auch wirklich dankbar, denn ansonsten hätte ich meine schüchterne Art wahrscheinlich nie überwunden und wir hätten uns nie kennengelernt. Danke!

Tatsächlich bist du zu seinem Haus gelaufen und verschwandest hinter seiner Haustür. Damit hieß es für mich warten. Und warten. Und warten. Okay, ich glaube, du hast es dann sogar etwas übertrieben – bis tief in die Nacht warst du bei ihm. So lange hättest du mich nicht warten lassen müssen. Mit dem Typen ist es für dich bestimmt eine Qual, länger als fünf Minuten eine Unterhaltung zu führen. Jeder Mensch sieht dem doch sofort an, dass er nichts mit dir gemeinsam hat.

Schließlich kamst du dann endlich heraus. In deiner Hand war ein Handy, mit dem du vermutlich noch eine Nachricht geschrieben hast. Vielleicht hast du ja sogar einer Freundin von dir geschrieben, dass du dich auf mich freust!

In der Zwischenzeit habe ich mich endlich überwinden können, dich anzusprechen. Außerdem habe ich – kurz bevor du aus der Tür kamst – wie versprochen den zweiten Brief, wo ich fälschlicherweise sauer auf dich gewesen bin (ich erzähle dir davon), in dem Mülleimer an der Busstation entsorgt. Diesen Ort habe ich absichtlich ausgewählt, weil dort auch unser erstes Aufeinandertreffen stattfinden würde.

Ich hatte mein Auto direkt neben der Haltestelle am Straßenrand abgestellt. Niemand außer dir und mir befand sich auf der Straße – es war immerhin auch schon fast halb eins in der Nacht. Als du endlich um die Ecke kamst, setzte wieder dieses verdammte Kopfzucken ein. Scheiß Nervosität.

Doch darauf war ich vorbereitet gewesen und ich schaffte es, innerhalb von wenigen Sekunden das Zucken abzustellen. Da kamst du nun also, im Schatten der Nacht mit einer leichten Windböe in der Luft.

„Hallo, Maya", sprach ich dich an. Ich habe mir schon gedacht, dass du weiter mit mir spielen würdest und deshalb kam deine Antwort für mich nicht sonderlich überraschend.

„Woher kennen Sie meinen Namen?"

„Du musst nicht weiter spielen, Maya. Ich bin jetzt endlich bereit für dich. Für uns. Komm, steig ein!"

„Ich kenne Sie überhaupt nicht! Gehen Sie weg von mir!"

Du hast wirklich gut geschauspielert. So gut, dass ich dich leider etwas mit Gewalt ins Auto zerren musste, obwohl ich dir gar nicht weh tun wollte! Niemals! Aber du hast gedroht, zu schreien; dann hätten deine Spielchen unser Zusammensein doch etwas arg gefährdet.

Da du gar nicht mehr aufhören wolltest, so zu tun als wolltest du nicht mit mir im Auto wegfahren, musste ich dir leider diese Betäubungsspritze geben. Es tut mir wirklich leid, Maya! Aber du hast es etwas übertrieben – ich wusste mir nicht anders zu helfen!

Und nun? Nun liegst du im Bett neben mir, während ich dir diesen Brief schreibe. Wir sind nun endlich zusammen! Glücklicherweise hat die Wirkung der Spritze recht schnell nachgelassen und du kannst unsere Zweisamkeit jetzt genauso wie ich in vollen Zügen genießen.

Entschuldige bitte deine Fesseln, aber ich habe Angst, dass die Situation am Anfang etwas zu viel für dich sein könnte und ich will nicht, dass du wegläufst und danach alles bereust. Auch wenn ich ehrlich gesagt nicht glaube, dass du mir das jemals antun würdest. Dafür lieben wir uns nämlich viel zu sehr!

Willkommen bei mir, Maya. Ab jetzt haben wir uns beide bis in alle Ewigkeit. Wie kann man nur so glücklich sein wie wir beide es in diesem Moment sind! Und wenn du

bald aufhörst, dich gegen die Fesseln wehen zu wollen, werde ich sie dir auch abnehmen. Versprochen!
Jetzt, mein Engel, genießen wir aber erst einmal unsere Zeit.

Ich liebe dich, Maya. Genauso sehr, wie du mich – bis in die Unendlichkeit!

Dein Lukas <3

## Kapitel 7

Fassungslos schaut Luke immer wieder zwischen dem Brief und mir hin und her. Er ringt sichtbar um Worte. „Das ist doch Wahnsinn! Wer auch immer das geschrieben hat muss völlig irre sein!"

„Das denke ich mir auch. Allerdings ist es momentan besser zu wissen, dass dieser Typ Maya über alles zu lieben scheint als dass er ein bloßer Sexualtäter ist."

„Ich glaube nicht, dass es in der momentanen Situation Maya irgendetwas bringt, ob der Entführer sie oder nur ihre Weiblichkeit liebt. Sie wurde entführt und wird offensichtlich gefangen gehalten, das steht fest."

„Hm... da hast du wohl recht. Ich werde mich auf jeden Fall gleich mit Breuer in Verbindung setzen, um ihm von meinem Fund zu berichten. Damit dürfte er mir auch endlich glauben, dass ich nichts mit Mayas Verschwinden zu tun habe."

„Das solltest du definitiv tun. Komm, wir nehmen mein Auto." Dieses Angebot von Luke nehme ich dankend an.

„Das ist in der Tat höchst brisant, was du uns da mitgebracht hast. Wo hast du das denn gefunden?", fragt mich der Kommissar, nachdem er den Brief zum ersten Mal gelesen hat.

„Er lag neben einem umgekippten Mülleimer auf der Straße. Als ich den Müll zur Seite rollen wollte, fiel mir der Zettel auf."

„Hast du denn eine Vermutung, wer der Verfasser des Briefes sein könnte?"

„Nein, leider habe ich nicht die geringste Ahnung. Maya hat mir nie etwas von anderen Männern oder gar heimlichen Verehren erzählt."

Breuer streicht sich permanent mit der Hand über seinen perfekt getrimmten Drei-Tage-Bart. Er macht einen eitlen Eindruck und scheint ein echter Frauenheld zu sein. So würde ich ihn zumindest einschätzen. Denn neben seiner wirklich schicken Frisur sieht er auch ziemlich durchtrainiert aus.

„Das Gute an der Tatsache, dass der Täter den Brief bei dir in der Nähe weggeworfen oder verloren hat, ist, dass wir nahezu ausschließen können, dass es sich um einen Serientäter handelt. Dafür geht er viel zu unvorsichtig vor. Wir können uns also berechtigte Hoffnungen machen, dass er eventuell noch weitere Fehler begeht und wir somit weitere Indizien finden, wo er das Mädchen gefangen hält." Er stoppt kurz. „Auf der anderen Seite – ich will dir keine Angst machen, Fabi – macht dieser Mann auf mich einen ziemlich labilen Eindruck. Er scheint wie vernarrt in Maya zu sein, so wie er schreibt. Da müssen wir hoffen, dass er nicht irgendwann durchdreht, so überemotional wie er wirkt. Wir müssen der Suche nach Maya die höchste Priorität zuordnen. Jetzt, wo wir einen eindeutigen Beleg für ihre Entführung haben, werden wir sämtliche Suchaktionen in die Wege leiten." Er schaut mich auf einmal sehr genau an. „Fabian, ich kann doch davon ausgehen, dass du diesen

Brief nicht selbst geschrieben hast, nur um den Verdacht von dir zu lenken?"

Erstaunt blicke ich Breuer an. „Auf keinen Fall! So etwas würde ich niemals tun! Ich schwöre!"

„Gut, denn ich vertraue dir. Andernfalls würden auch wirklich unangenehme Konsequenzen auf dich zukommen." So hört es sich also an, wenn er jemandem vertraut? Für mich klingt das eher wie eine Drohung.

„Haben Sie eigentlich schon die Handydaten auswerten können?", versuche ich etwas den Druck aus dem Gespräch zu nehmen.

„Ja, das konnten wir. Und ich muss sagen, dass mein Vertrauen in dich durch diese Auswertung gestärkt wurde. Tatsächlich ergab eine Ortung, dass Maya um 00:11 Uhr eine Nachricht an ihre Mutter versendet hat. Zu diesem Zeitpunkt befand sie sich nicht mehr in deinem Haus, das hat die Ortung bestätigt. Das Seltsame ist, dass seit 00:18 Uhr keinerlei Signale mehr von dem Handy gesendet und empfangen wurde. Das bedeutet, dass der Täter ihr wohl das Handy abgenommen und den Akku vorsorglich entfernt hat. Dadurch ist es nicht möglich, aktuell das Gerät zu orten."

„Aber Sie meinten doch, dass es sich bei dem Entführer um keinen Profi handelt?"

„Der Ansicht bin ich auch nach wie vor. Das bedeutet aber nicht, dass sich der Täter nicht trotzdem vorbereitet und vorher informiert hat."

Nickend stimme ich Breuer zu. Wenn es nicht eine komplette Übersprunghandlung war, wird selbst ein

Anfänger doch die ein oder andere Sache vorbereiten. Das macht die Suche nach Maya nicht einfacher.

„Ich danke dir erst einmal, dass du direkt mit dem Brief zu mir gekommen bist. Wir werden ihn hier behalten und ihn auf Spuren untersuchen."

„Dürfte ich noch schnell ein Foto von dem Brief machen?"

„Hm... okay, aber nur wenn du mir versprichst, das Foto nicht zu veröffentlichen. Die Presse wird noch früh genug den Druck auf uns erhöhen. Darauf solltest du auch vorbereitet sein, Fabian."

Daran hatte ich bisher noch gar nicht gedacht. Natürlich werden sich die Schlagzeilen in den nächsten Tagen rund um Mayas Entführung überschlagen. Darauf habe ich so gar keine Lust – erst recht nicht auf Interviews.

Wir verabschieden uns vom Kommissar, nachdem ich von dem Brief ein Foto gemacht habe. Schon im Auto auf dem Heimweg lese ich den Brief zum wiederholten Mal, doch mir will kein weiterer Hinweis ins Auge springen. Irgendwo muss dieser mysteriöse L. doch etwas über sich oder den Aufenthaltsort von Maya verraten haben... hat er aber nicht – wäre auch zu schön gewesen.


Als ich am frühen Nachmittag wieder im Bett liege, geht es mir gar nicht gut. Das Gefühl, dass Maya im gleichen Moment irgendwo eingesperrt liegt und völlig hilflos ist, frisst mich mit jeder Sekunde mehr auf. Ihr nicht helfen zu können, obwohl sie meine Hilfe momentan so sehr gebrauchen könnte, treibt mich in den Wahnsinn. Womit hat Maya das verdient? Wieso gibt es solche Menschen, die so etwas Grauenvolles tun? Niemand hat so etwas verdient – niemand!

Zum Glück klingelt Luke in dem Moment an der Tür und fragt, ob ich mit zum Fußballtraining komme. Seit Mayas Verschwinden war ich nicht mehr dort gewesen; für Fußball hatte ich bislang keinen Platz in meinem Kopf.

Doch gerade jetzt kommt das Training zur richtigen Zeit – alternativ würde ich den restlichen Abend im Bett liegen und weiterhin wütende Gedanken mit mir herum tragen. Da tut etwas Sport doch ganz gut.

Und tatsächlich wird mein Kopf durch das Training freier. Das Rennen über das Feld erfüllt mich mit so viel Freiheit wie schon lange nicht mehr. Klar, Maya bleibt die ganze Zeit in meinem Hinterkopf, doch primär kann ich mich auf das Spielen konzentrieren.

Als es nach einer Stunde noch zu regnen beginnt, renne ich fast schon wieder sorglos umher. Sorglos ist momentan aber leider gar nichts. Und genauso schnell, wie das befreite Gefühl im Training in mir hochkam, verfliegt es auch wieder nach dem Training, sobald ich wieder allein Zuhause bin.

Wenn ich mein Zimmer nur betrete, kann ich Mayas Anwesenheit förmlich spüren. Hier hat sie gesessen, dort auf dem Bett haben wir uns geküsst. In dem Moment war alles perfekt gewesen. Da hätte sich auch noch niemand denken können, dass unser Leben innerhalb von einer Nacht völlig auf den Kopf gestellt wird.

81

In der Nacht wache ich erneut von einem Albtraum auf. Diese Träume von Maya verfolgen mich jede Nacht und für mich ist es fast schon alltäglich, mitten in der Nacht nassgeschwitzt im Bett zu sitzen.

Aber jetzt reicht es mir. Wenn das so weitergeht, werde ich noch zum Zombie mutieren ehe es Gewissheit um Maya gibt. Ich muss selbst handeln; anders werde ich meine Albträume nicht los. Ab morgen werde ich selbst wieder aktiv nach ihr suchen – und vielleicht wird Luke mir ja wieder helfen. Seine Hilfe könnte ich wirklich gut gebrauchen.

Am nächsten Morgen ist Luke in der Tat direkt Feuer und Flamme als ich ihm von meiner Idee erzähle, Maya erneut eigenständig zu suchen.

„Die Polizei wird zwar sowieso allen Hinweisen nachgehen, aber wenn ich weiterhin nur unnötig herumsitze, drehe ich noch durch."

Ich habe mir extra einen Rucksack für die Suche zusammengestellt und will gemeinsam mit Luke schon aufbrechen als es plötzlich wie wild an der Tür klingelt. Ich öffne und blicke überrascht in die Augen von einem halben Dutzend Journalisten. Es dauert nur wenige Sekunden bis mir klar wird, wieso die Reporter alle mit ihren Mikrofonen und Kameras an meiner Tür stehen. Und dann geht es auch schon los.

„Wie fühlen Sie sich nach Mayas Verschwinden? Wie eng war eure Beziehung? Gibt es bereits Hinweise auf ihren aktuellen Aufenthaltsort?" Diesmal hatte Breuer eindeutig recht: Durch die Presse wird der Druck auf die Polizeiarbeit nochmal deutlich zunehmen.

Aber der Kommissar hatte mir ans Herz gelegt, die Fragen alle geduldig zu beantworten und so wenige Details wie möglich zu nennen. Diesen Rat beherzige ich und gebe in Ruhe Antworten auf alle Fragen, die mir gestellt werde. Dabei bleibe ich allerdings sehr oberflächlich, was die Reporter auch sichtlich stört, aber Genaueres bekommen sie aus mir nicht heraus.

Luke steht dabei die ganze Zeit neben mir und hört aufmerksam zu – bis auf ein kurzes Statement zu meiner Gefühlslage wird er aber außen vor gelassen. Zum Glück antwortet auch er nur schwammig, sodass die Journalisten dadurch nicht das Gefühl haben dürften, ich könnte deswegen kaum noch schlafen. Was der Wahrheit entsprechen würde. Aber das würde in aller Öffentlichkeit nur das Bild des enttäuschten, am Boden zerstörten und verliebten Jungen abgeben – nein, danke.

Deshalb bin ich auch ganz froh als die Reporter nach einer guten halben Stunde wieder von meinem Haus abrücken, ohne mich aus der Deckung gelockt zu haben.

Als wir endlich unterwegs sind, sinkt mein Glaube daran, einen ernsthaften Hinweis zu finden, erheblich. Wie sollten wir in so einer großen Gegend etwas so Kleines wie Mayas Handy finden?

Auch Luke scheint nicht besonders zuversichtlich zu sein. Immerhin versucht er, von der offensichtlichen

Ausweglosigkeit abzulenken. „Erinnerst du dich als Theresa in der Grundschule einmal vermisst wurde?"

„Oh ja, da ist die halbe Schule durchgedreht. Vor allem ihre Eltern, Theresa war ja gerade einmal sechs Jahre alt."

„Und am Ende hat sie sich einfach nur unter der Rutsche versteckt, weil sie nicht nach Hause wollte. Verrückt."

„Das kannst du laut sagen. Wenn es mit Maya doch auch nur so einfach wäre..."

„Wir finden sie, Kumpel. Die Polizei sucht doch auch die ganze Zeit nach ihr."

„Und wenn selbst die Polizei sie nicht findet?"

„Das wird sie! Anders darfst du nicht denken! Schau mal, der Kommissar hat schon gesagt, dass der Täter kein Profi ist und Fehler macht. Irgendeiner dieser Fehler wird uns zu Maya führen!"

„Hoffentlich... sie ist schon seit Tagen verschwunden. Vielleicht ist sie ja gar nicht mehr am Leben." Ich spüre, wie meine Augen feucht werden. Und schon rollen die ersten Tränen meine Wangen herunter.

„Nein, Fabian, so etwas darfst du dir gar nicht vorstellen! Erst recht nicht du! Du bist der positivste und bestgelaunteste Mensch, den ich kenne! Wir werden sie gemeinsam mit der Polizei finden, das verspreche ich dir!"

„Danke, Luke. Bist echt ein guter Freund."

Er klopft mit aufmunternd auf die Schulter. Gleichzeitig vibriert mein Handy in der Hosentasche. „Das ist Breuer!"

„Los, geh ran. Vielleicht haben sie einen Hinweis gefunden!"

Ich melde mich am Telefon und versuche dabei nicht zu wirken als hätte ich gerade geweint.

„Hi, hier ist Conrad Breuer. Ich war gerade bei dir Zuhause, doch da war niemand. Kannst du bitte zu mir aufs Kommissariat kommen? Wir müssen da etwas besprechen."

Meine Augen werden schlagartig größer. „Haben Sie einen Hinweis gefunden, wo Maya ist?"

„Nicht direkt, aber wir haben etwas anderes. Komm bitte, ich bespreche solche Sachen nicht am Handy."

„Klar, ich bin schon unterwegs." Zum ersten Mal keimt wieder Hoffnung in mir auf. Hoffnung, dass Maya doch gefunden wird und bald wieder bei mir ist.

„Ich habe es dir doch gesagt. Wir finden sie!" Dann laufen Luke und ich los.


„Hi, Fabian. Gut, dass ihr so schnell kommen konntet."

Wir sitzen wieder in dem abgedunkelten Besprechungszimmer auf dem Polizeipräsidium. Außer Breuer sitzt noch eine Kollegin von ihm im Raum, die eine Mappe in der Hand hält.

„Heute Morgen haben wir mit unseren Suchaktionen begonnen. Wir haben uns dabei auf den Weg von Mayas Haus zu Deinem konzentriert. Dort befinden sich leider keine weiteren Spuren; der Brief war wohl der einzige Glücksfund."

Enttäuscht senke ich den Kopf. Ich hatte wirklich gehofft, dass ein entscheidender Hinweis nun zu Maya führen würde.

„Was haben Sie denn dann?", fragt Luke.

„Wir haben außerdem die Nachbarn befragt, ob die etwas Auffälliges bemerkt haben. Und da sind wir auf etwas Interessantes gestoßen." Doch eine Spur?

„Zwar hat niemand etwas bemerkt, aber am Eckhaus wurde eine Überwachungskamera angebracht. Diese filmt auch wenige Meter auf die Straße. Da bewegt sich der Besitzer rechtlich gesehen zwar nicht ganz im legalen Bereich, aber das kann uns momentan ziemlich egal sein. Wichtig ist, was wir gesehen haben." Er deutet zu seiner Kollegin, die daraufhin ihre Mappe auf dem Tisch ausbreitet. Zum Vorschein kommen zwei Bilder in recht guter Qualität.

„Dies sind die beiden Fahrzeuge, die während der möglichen Tatzeit an der Bushaltestelle vorbeigefahren sind. Den ersten Wagen haben wir bereits überprüft. Der gehört zu einer älteren Dame, die für den gesamten Abend und die Nacht ein Alibi vorweisen kann. Das Fahrzeug ist also raus." Er wartet kurz, damit wir mitkommen. Ich kann mich vor Aufregung kaum noch auf dem Stuhl halten. Luke scheint das Ganze etwas gelassener zu nehmen.

„Interessant wird es bei dem zweiten Wagen", fährt Breuer fort. „Ersteht fast eine Viertelstunde an der Haltestelle und fährt anschließend davon. Leider ist die Reichweite der Überwachungskamera nicht groß genug, um noch die Geschehnisse an der Haltestelle mit aufzunehmen. Man kann auch nicht das Nummernschild erkennen. Aber...", er stoppt kurz, „fällt euch dieser Sticker hier auf?" Er deutet auf etwas Kleines am Fahrzeug. „Das ist ein Aufkleber eines Ladens. Wir haben das überprüft und konnten herausfinden, dass der Wagen in einer Nachbarstadt rund eine Stunde entfernt gekauft wurde. Der Wagen sieht schon etwas älter aus und da das Verkaufshaus keine gebrauchten Fahrzeuge verkauft, ist der Fahrer wohl schon länger im Besitz dieses Wagens." Erneut eine Pause, damit wir alles verstehen. „Der Fahrer kommt aus dieser Stadt. Und ich bin mir sicher, dass der Fahrer auch Mayas Entführer ist, denn er fährt das einzige in die Tatzeit passende Auto. Wir wissen also wahrscheinlich, in welcher Stadt der Täter wohnt. Morgen setzen wir uns mit dem Verkäufer zusammen; eventuell finden wir da etwas über den Besitzer des Wagens heraus. Was leider aber ziemlich schwierig werden dürfte ohne Nummernschild, Namen oder Verkaufsdatum. Aber dieser grüne Wagen ist ein erster Anhaltspunkt."

Das sind doch tolle Neuigkeiten! Auch Luke setzt ein Lächeln auf. „Wir werden Maya finden, Fabi. Ich wusste, dass die Polizei etwas herausbekommen wird", sagt Luke freudig beim Verlassen des Gebäudes.

„Ja... vielleicht hattest du recht. Ich hoffe es sehr", antworte ich – ebenfalls mit einem Lächeln im Gesicht; die Hoffnung ist in mir zurückgekehrt.

## Kapitel 8


„Was hälst du davon, wenn wir selbst mal zu diesem Verkaufshaus fahren? Vielleicht erkennst du ja jemanden wieder, denn der Kerl hat euch ja offensichtlich beobachtet."

Ich schlucke. „Darüber habe ich auch schon nachgedacht. Ich will gar nicht daran denken, dass ich ihn schon einmal gesehen oder sogar angesprochen habe."

„Aber das ist vielleicht, ein Weg ihn zu finden. Komm, lass uns fahren."

„Also gut."


Eine Stunde später parkt Luke das Auto in einer Seitenstraße. In dieser Gegend hier war ich noch nie gewesen.

„Nach was sollen wir Ausschau halten?"

„Nach Leuten, die du wiedererkennst. Sobald dir irgendjemand bekannt vorkommt, werden wir diese Person beobachten. Sei aber vorsichtig, denn er wird dich sicherlich wiedererkennen. Du bist schließlich sein Feind Nummer Eins." Sehr aufbauende Worte von Luke.

Aber er hat recht – ich muss mich wirklich achtsam verhalten. Immerhin befinden wir uns laut Breuer in dem Wohnort des Entführers.

Wir laufen also Straße für Straße ab, ohne jemandem zu begegnen, der uns bekannt vorkommt. Dabei ist das

Wetter optimal, um auf die Straße zu gehen. Die Sonne scheint und es sind Temperaturen rund um die 30 Grad.

Außer... er ist gerade bei Maya. Augenblicklich wird mir schlecht und ich stützte mich an einer Hauswand ab. „Was ist los, Fabi?"

„Alles gut. Musste eben nur gerade daran denken, dass der Kerl gerade womöglich bei Maya ist und sonst was mit ihr anstellt. Da ist es mir kurz hochgekommen."

Luke klopft mir aufmunternd auf den Rücken. „Genau dieser fürchterliche Gedanke sollte deine Motivation sein, Maya so schnell es nur geht zu finden. Dann seid ihr beide von diesem grausamen Schicksal befreit."

Ich nicke. In meinem Magen dreht es sich zwar immer noch etwas, doch ich reiße mich zusammen und wir laufen weiter.

So suchen wir bestimmt noch eine Stunde in der Wohnsiedlung herum, doch finden tun wir nichts. Stattdessen fällt uns auf, dass die Kleinstadt wie in zwei Hälften geteilt ist. Auf der einen Seite befinden sich zahlreiche Reihenhäuser mit schönen Vorgärten, gesäuberten Fußwegen davor und es herrscht eine sehr familiäre Atmosphäre. Viele junge und alte Familien laufen uns entgegen, grüßen uns sogar freundlich. Dieser Abschnitt erinnert mich sehr an meine eigene Wohngegend.

Dagegen ist die gegenüberliegende Stadthälfte alles andere als ruhig und familienfreundlich. Mindestens acht graue Hochhäuser ragen weit in die Höhe, die Straßen müssten dringend erneuert werden und den Bewohnern dürfte gerne mal ein Lächeln aufgesetzt werden. Denn entweder scheinen hier nur grimmige ältere Menschen oder frustrierte Eheleute zu wohnen. Wenn ich in dieser Gegend aufgewachsen wäre, wäre ich mit Sicherheit ein anderer Mensch geworden. Allerdings sicherlich kein Fröhlicherer. Einmal rempelt uns sogar ein alter betrunkener Mann an und schreit danach sogar noch in unsere Richtung, dass wir von hier verschwinden sollen.

Hoffentlich wird Maya nicht in irgendeinem dieser Hochhäuser gefangen gehalten, ansonsten... naja, sie wird wohl sowieso ein Leben lang von dieser Entführung gezeichnet sein. Da würde es auch nicht besser sein, wenn sie in einer Villa gefangen gehalten werden würde.


Als ich wenig später wieder daheim bin, überkommt mich eine schon lange nicht mehr gefühlte Müdigkeit. Kein Wunder, denn in den letzten Nächten habe ich nie mehr als vier oder fünf Stunden geschlafen. Immer lag ich die halbe Nacht wach im Bett und habe mir vorgestellt, dass Maya an der Haustür klingelt. Das ging sogar so weit, dass ich mehrmals täglich überprüft habe, ob die Türklingel noch funktioniert, falls Maya nachts fliehen kann und plötzlich bei mir auftaucht.

Deshalb kommt es für mich nun etwas überraschend, dass mein Körper sich plötzlich nach Ruhe und meinem Bett sehnt. Es ist immerhin auch erst 18 Uhr. Trotzdem würde mir ein bisschen Schlaf sehr gut tun, insbesondere nach so einem anstrengenden Tag wie heute.

Keine zwanzig Minuten später liege ich völlig erschöpft im Bett. Das Gefühl, dass die Augen fast schon automatisch zufallen, habe ich lange vermisst. Hoffentlich kann ich endlich mal wieder eine ganze Nacht durchschlafen.

Auf einmal klingelt es. Es ist die Haustür. Habe ich mir das vor lauter Müdigkeit nur eingebildet? Ich denke nicht, denn augenblicklich bin ich wieder hellwach und sitze kerzengerade auf meinem Bett.

Es klingelt erneut. Schnell springe ich auf und renne zur Haustür. Maya? Ist sie es vielleicht? Mein Herz pumpt wie wild, während ich die Treppe herunter sprinte.

Aber sie ist es leider nicht. Sondern ein Mann mit einem Klemmbrett in der Hand. Schön beim Öffnen der Tür überkommt mich das Gefühl, dass ich besser im Bett liegen geblieben wäre. Es ist offensichtlich ein weiterer Reporter.

„Guten Tag, mein Name ist Sebastian Borsch und ich bin Redakteur beim Abendblatt hier aus der Stadt. Dürfte ich ein paar Fragen zu dem verschwundenen Mädchen namens Maya stellen?", stellt sich der Mann vor. Das war es dann wohl endgültig mit dem frühen Schlafengehen.

Keine zwei Minuten später sitzen wir zusammen am Küchentisch. An dem Tisch, an welchem in den letzten Tagen so viele Leute Platz genommen haben, um mit mir zu reden. Neunzig Prozent dieser Menschen waren Reporter gewesen, die allesamt versuchten, doch noch irgendwelche geheimen Informationen der Polizei aus mir herauszubekommen. Vergeblich.

Auch dieser Journalist wird von mir nichts Neues erfahren; er verschwendet hier nur seine Zeit.

„Also, Fabian, wie fühlst du dich denn momentan?" Die Standardfrage. Die Antwort darauf habe ich mittlerweile schon fast auswendig gelernt.

„Der Umstände entsprechend okay. Ich hoffe jeden Tag, dass Maya gesund gefunden wird."

„Hm. Du wirkst nicht gerade so als hättest du noch besonders viel Hoffnung."

„Wie kommen Sie denn darauf?"

„Na, wenn du doch so hoffnungsvoll wärst, würdest du bestimmt nicht traurig und alleine Zuhause sitzen."

Verblüfft blicke ich den Reporter an. Er ist um die dreißig Jahre alt und scheint Psychologie oder etwas in die Richtung studiert zu haben. Sonst wüsste er nicht, welche Fragen er stellen müsste, um mich aus der Deckung zu locken. Doch so leicht mache ich es ihm nicht.

„Woher wollen Sie das denn wissen? Bis vor einer halben Stunde war ich noch schwimmen."

„Interessant. Mit wem?"

„Warum sollte Sie das etwas angehen?"

„Warum reagierst du so gereizt?"

Scharf blickt er mir in die Augen. Was stimmt mit diesem Typen nicht? Hat der wirklich nichts Besseres zu tun als mich zu provozieren?

„Nun gut, ich will dir ja nichts Böses", lenkt er nach einer kurzen Schweigepause ein. „Dann hätte ich noch eine andere Frage an dich. Wie würdest du dein Verhältnis zu

Maya beschreiben?" Dieser Typ führt sich langsam auf als wäre er mein Therapeut.

„Was sollen diese ganzen seltsamen Fragen? Maya und ich waren glücklich zusammen, dann wurde sie entführt. Und ich werde mit der Polizei nicht aufhören zu suchen ehe sie wieder bei mir ist."

„Will sie das denn überhaupt?"

„Was?" Verblüfft blicke ich ihn an.

„Bei dir sein? Was macht dich so sicher, dass sie das überhaupt möchte?" Stutzig senke ich meinen Blick auf den Küchentisch. Mit so einer Frage hatte ich wirklich nicht gerechnet.

„Ich verstehe diese Frage nicht."

„Doch, das tust du genau. Also? Wieso bist du dir da so sicher? Vielleicht hat sie dir ja alles nur vorgespielt und ist jetzt viel glücklicher als zuvor?"

„Warum sollte sie das denn sein? Sie wurde entführt! Gegen ihren Willen!"

„Und wenn nicht? Was wäre, wenn Maya freiwillig gegangen ist?"

Dieser Typ geht mir mittlerweile mächtig auf die Nerven und ich muss gehörig aufpassen, nicht laut zu werden. Außerdem ekelt es mich irgendwie an, wie er Mayas Namen mit so einem dämlichen Grinsen im Gesicht ausspricht.

„Sie verschwinden jetzt besser aus meinem Haus."

„Nun gut, dann werde ich mich mal wieder auf den Weg zur Redaktion machen. Du willst der Wahrheit anscheinend nicht ins Auge sehen."

„Die einzige Wahrheit hier ist, dass Sie mir auf die Nerven gehen und Sie jetzt auf der Stelle gehen werden." Und tatsächlich wendet sich der Mann zum Gehen. Als er gerade aus der Tür treten will, dreht er sich nochmal zu mir um und grinst mich schief an.

„Wir hören voneinander, Fabian."

„Oh, das hoffe ich nicht."

„Das wird wohl unausweichlich sein." Dann geht er davon. Was ein schräger Typ.

Selbst am nächsten Morgen bin ich noch verwundert vom Verhalten des Reporters. Er schien fest davon überzeugt gewesen zu sein, dass mich Maya freiwillig verlassen hat. Aber warum sollte sie dann nicht einmal ihren Eltern Bescheid geben? Sie haben immerhin extra die Polizei alarmiert; das konnte Maya ihren Eltern doch nicht antun. Vor allem – aus welchem Grund? Sie hätte mir doch einfach ins Gesicht sagen können, dass sie nichts mehr mit mir zu tun haben möchte. Oder denkt sie vielleicht, ich sei so ein ekelhafter Spanner, der ihr dann immer hinterher spioniert? Das hatte sie damals schon angedeutet als ich wissen wollte, wo sie wohnt. Nein, das kann nicht sein. Stattdessen wurde sie von einem wirklich perversen Kerl entführt und wird nun gefangen gehalten. Nur hoffentlich nicht mehr lange.

Am Mittag sitze ich mit Luke und noch ein paar anderen Schulfreunden am See. Heute ist es wirklich sehr heiß und es ist nicht eine einzige Wolke am hellblauen Himmel zu erkennen. Meine Stimmung ist ziemlich am Tiefpunkt, weshalb ich als einziger trotz fast 36 Grad im Schatten nicht im See schwimmen war.

„Deine Hoffnungen, sie lebend zu finden, werden kleiner, nicht wahr?", fragt Luke vorsichtig. Langsam schüttle ich den Kopf.

„Am Anfang dachte ich, es würde alles ganz schnell gehen. Der Brief, das gesichtete Auto zur Tatzeit – ich dachte, dass seien entscheidende Hinweise. Doch geholfen haben sie der Polizei gar nichts. Das einzige, was wir dadurch wissen, ist, dass Maya definitiv entführt wurde. Toll."

„Die Polizei wird garantiert noch etwas finden."

Luke klopft mir aufmunternd auf die Schulter, doch helfen tut es nicht.

„Und was wenn nicht? Die Polizei hat keinerlei Ansatzpunkte. Wer weiß, ob überhaupt noch ernsthaft nach Maya gesucht wird. Wahrscheinlich wird sie den Rest ihres viel zu kurzen Lebens bei dem Arschloch verbringen, bis er sie dann irgendwann umbringen wird."

Luke hat es nicht verdient, dass er meinen ganzen Frust abbekommt. Er ist seit einer gefühlten Ewigkeit mein bester Freund; er ist nicht Schuld an all dem. Niemand – außer dem Perversen, der Maya entführt hat, weil er selbst wahrscheinlich hässlich wie die Nacht ist und keine Frau abbekommt! Dann entführt er eben eine. Ich könnte schreien vor Wut.

„Es muss irgendwie weitergehen, Fabian." Ich kann mich nicht daran erinnern, wann Luke mich zuletzt mit meinem vollen Namen angesprochen hat. „Wir können nicht mehr tun als uns auf die Polizei zu verlassen. Du hast doch selbst gemerkt, dass die Suche auf eigene Faust uns nicht weiterbringt."

„Aber ich muss doch irgendetwas für sie tun können!"

„Ich weiß, dass du das willst. Und ich würde dir so gerne helfen. Aber du kannst es leider nicht."

Und das realisiere ich in diesem Moment zum ersten Mal. Ich kann nichts mehr für Maya tun. Es hängt nur noch von Glück ab, ob sie diese Entführung überlebt. In dem Augenblick dieses Bewusstseins scheint sich auf einmal alles in mir zu lösen. Alles fällt in mir ab und ich beginne so heftig zu weinen wir wahrscheinlich nie zuvor in meinem Leben.

Zum Glück ist auch Hannah da, die mich sofort tröstend in den Arm nimmt.

„Du darfst den Glauben nicht verlieren, Fabi. Es kann immer noch alles gut werden, da bin ich mir sicher. Maya wird gefunden und wer auch immer ihr das angetan hat – er wird seine gerechte Strafe bekommen."

So liege ich bestimmt noch zehn Minuten in Hannahs Arm, ehe ich aufstehe und mir die Tränen aus dem Gesicht wische. „Ihr seid echt gute Freunde. Danke... für alles."

Hannah und Luke lächeln mich an. „Und wir sind beide immer für dich da", fügt Hannah noch hinzu.

Kurze Zeit später verabschiedet sich Luke von uns, weil er mit seinen Eltern anlässlich des Geburtstages seines Vaters noch essen geht.

„Ich muss die Bahn in zwölf Minuten erwischen, weil wir uns direkt am Restaurant treffen. Bis dann, ihr beiden."

„Guten Appetit und alles Gute an deinen Dad von mir!", rufe ich ihm noch hinterher.

„Richte ich aus."

Dann verschwindet er um die Ecke und ich setze mich mit Hannah wieder auf die Wiese am See.


Eine gute Stunde später laufe ich mit Hannah zurück in Richtung meines Hauses. Früher war sie oft bei mir zu Besuch gewesen, aber das wurde in den letzten Jahren immer seltener. Was vor allem daran lag, dass sie recht lange einen festen Freund hatte. Vor vier Monaten haben sie sich dann getrennt, weil – hm, warum genau, weiß ich eigentlich überhaupt nicht. Hannah hat nie darüber gesprochen, aber jetzt auf einmal interessiert es mich.

„Du hast nie erzählt, wieso ihr damals Schluss gemacht habt."

„Oh, geht es nun um mein gescheitertes Liebesleben?" Sie lacht kurz auf, verstummt dann aber schnell wieder.

„Nein, sag mal ehrlich. Wir quatschen sowieso die ganze Zeit nur über mich."

„Hm, ich habe tatsächlich fast niemandem davon erzählt. Eigentlich wissen es nur meine Eltern. Niklas ist mir damals im Urlaub fremdgegangen. Anfangs dachte ich noch, ich komme damit klar, aber mit der Zeit ist mein Vertrauen zu ihm immer mehr verloren gegangen. Das hat uns beiden nur noch Stress bereitet, bis ich dann schließlich einen Schlussstrich gezogen habe. Das war das Beste für uns beide."

„Wie hast du herausbekommen, dass er dich betrogen hat?"

„Er hat es mir direkt am nächsten Tag gebeichtet. Niklas war betrunken gewesen und dann ist es eben passiert. Seine Freunde, die mit ihm im Urlaub waren, haben das bestätigt. Und weil er es mir direkt erzählt hat, dachte ich auch, dass ich ihm mit der Zeit wieder vertrauen kann. Aber das war ganz und gar nicht der Fall..."

„Hm... Zeit heilt eben doch nicht alle Wunden." Schweigend biegen wir in meine Straße ein.

„Ich war bestimmt schon ein ganzes Jahr nicht mehr hier." Neugierig schaut sich Hannah um. „Besonders viel hat sich trotzdem nicht verändert. Nach wie vor alles sehr schick und modern."

„Darauf achten meine Nachbarn auch nach wie vor sehr penibel – du kennst sie ja noch von früher."

„Von früher, ja..." Ihr ist anzusehen, dass sie traurig in alten Erinnerungen kramt. „Früher waren wir noch so schön sorgenfrei. Da hatten wir nur Angst vor irgendwelchen Monstern unter dem Bett und dass es keinen Nachtisch beim Abendessen gibt. Und heute? Liebeschaos, Studium und jetzt auch noch diese beschissene Geschichte mit Maya. Manchmal wäre ich echt gerne wieder klein, würde zur Grundschule gehen und mit dir im Garten spielen."

„Ja, das war wirklich eine verdammt coole Zeit. Aber wir können diese Momente nicht festhalten. Wir werden nun mal älter."

„Vielleicht würden wir besser auf einer einsamen Insel leben, nur mit unseren engsten Freunden. Dann hätten wir keinen unnötigen Stress und könnten ganz ohne Hektik unser Leben gestalten."

„Du warst schon als kleines Mädchen immer eine Träumerin."

Sie schmunzelt. „Das stimmt. Ich habe liebend gerne phantasiert und mir alle möglichen Dinge vorgestellt. Mein größter Traum war es immer, dass ich mich mit Tieren unterhalten kann."

„Ja, davon hast du oft erzählt. Und du wolltest dich oft unsichtbar machen können, damit du niemals mit jemandem streiten musst."

„Stimmt, daran kann ich mich auch noch erinnern. Besonders wenn ich eine schlechte Note in Mathe hatte und es meinen Eltern nicht erzählen wollte."

Ich schließe die Haustür auf und wir setzen uns in den Garten.

„Oh Mann, wie viele Stunden ich wohl schon auf dieser Terrasse mit dir verbracht habe", lacht sie. „Ich würde mal kühn behaupten, dass wir die besten Lego-Bauer im ganzen Land waren."

„Oh ja, unser Schloss war einsame Spitze."

So sitzen wir noch zwei -stunden zusammen, trinken Orangensaft wie früher und unterhalten uns über alle möglichen Dinge wie die Schule, Zukunftspläne, unsere Kindheit, Eltern und vieles mehr. Für einige Minuten scheint die Welt nicht mehr ganz so miserabel zu sein. Vielleicht haben wir doch das Schlimmste bereits überstanden und das Blatt wendet sich jetzt wieder zum Guten.

Ich kann förmlich spüren, wie die Hoffnung langsam wieder in mir zurückkehrt. Die Hoffnung, dass Maya bald gefunden wird. Alles wird gut, so hat Hannah es am See gesagt. Und es gibt doch auch dieses berühmte Zitat: „Am Ende wird alles gut und wenn es noch nicht gut ist, dann ist es auch noch nicht das Ende." So geht doch irgendwie diese Aussage und vielleicht behält sie ja recht. Vielleicht bekommen Maya und ich unser Happy End.

Zuversichtlich schenke ich mir noch etwas Saft nach als sich plötzlich mein Handy meldet. Es ist eine unbekannte Nummer.

„Ich geh mal schnell ran", sage ich zu Hannah, die sich lächelnd in ihrem Stuhl zurücklehnt.

„Hallo, hier spricht Fabian", melde ich mich.

„Guten Tag, mein Name ist Doktor Claus Meurer. Ich bin Arzt in der städtischen Klinik." Er schweigt kurz. „Wir haben leider keine guten Nachrichten. Sie sind doch ein Freund von Luke, oder?"

„Äh, ja, das bin ich", stammle ich perplex. „Was ist denn los?"

„Luke hatte einen Unfall. Er ist vor einer einfahrenden Straßenbahn zu Fall gekommen und wurde von der Bahn angefahren. Genaueres über die Umstände können wir noch nicht sagen."

Wie versteinert sitze ich auf meinem Stuhl. Luke hatte einen Unfall. Mir wird schwindelig.

„Wie geht es ihm jetzt?"

„Leider können wir noch nicht sagen, ob er es schaffen wird. Er befindet sich gerade in einer Not-OP."

Wortlos sackt meine Hand ab und mein Handy fällt auf den Boden. Im nächsten Moment muss ich mich übergeben.

# Kapitel 9

Es ist 20:44 Uhr und ich liege auf meinem Bett. Ich kann kaum in Worte fassen, was heute Nachmittag passiert ist. Nach dem Anruf habe ich Hannah sofort erklärt, was heute Nachmittag passiert ist. So richtig realisieren konnten wir es aber beide nicht. Erst verschwindet Maya, dann wird Luke lebensgefährlich verletzt.

Auf dem Weg zum Krankenhaus ist mir zwischendurch immer wieder schwarz vor Augen geworden. Die Vorstellung, Luke zu verlieren, ist unerträglich... diese Angst hatte ich zuvor nur ein einziges Mal gespürt als Lukes Vater in der 8. Klasse ein Jobangebot im Ausland bekommen hat und deswegen beinahe die gesamte Familie umgezogen wäre. Glücklicherweise hat er sich – unter anderem auch wegen Lukes und meiner vehementen Beschwerden – am Ende dagegen entschieden, umzuziehen. Aber jetzt geht es nicht um einen Umzug oder irgendeinen blöden Schulwechsel – jetzt geht es darum, ihn vielleicht für immer zu verlieren. Unvorstellbar.

Im Krankenhaus haben wir Lukes Zimmer recht schnell gefunden. Die Operation war bereits vorbei und wir warteten vor der Zimmertür darauf, dass uns der behandelnde Arzt berichtete, wie es um meinen besten Freund steht.

Ein schlimmer Moment war dann auch noch als Lukes Eltern wenige Minuten später ins Krankenhaus stürmten.

Beide sahen noch verheulter aus als wir uns seine Mutter konnte sich kaum aufrecht halten.

„Ihr seid ja auch schon da! Wisst ihr was Neues?", sprach uns Lukes Vater direkt an.

„Leider nein, wir warten noch auf den Doktor", antwortete Hannah, die definitiv am besten mit der Situation umgehen konnte. Sie hatte auch nie so eine enge Bindung zu Luke gehabt wie ich – oder geschweige denn seine Eltern.


So saßen wir bestimmt noch zehn Minuten im Gang. Dabei sprachen wir kein einziges Wort miteinander, sondern inhalierten nur den penetranten Medikamentengeruch. Jeder Besucher konnte uns auf den ersten Blick ansehen, dass etwas Furchtbares geschehen sein muss. Das Bild von Lukes Eltern, wie sie sich völlig geschwächt an die Lehne der Plastikstühle klammern, wird mir wohl niemals wieder aus dem Kopf gehen. Dabei sah ich wahrscheinlich so ähnlich aus.

Nach einer knappen Viertelstunde kam dann endlich der Arzt zu uns. Ihm war anzusehen, dass er eine anstrengende Operation hinter sich gebracht hat.

„Hallo, mein Name ist Doktor Paul. Ich habe soeben die OP an Ihrem Sohn Luke durchgeführt." Er wandte sich zunächst an die Eltern. „Zunächst einmal die gute Nachricht: Er ist nicht mehr in Lebensgefahr."

Großes Aufatmen bei Lukes Eltern, Hannah und mir. Es folgt eine innige Umarmung der Eltern.

„Er hatte verdammt großes Glück, denn die Bahn war schon im Bremsvorgang. Wäre das nicht so gewesen, wäre er definitiv noch am Unfallort ums Leben gekommen. Wir haben ihn direkt operiert, denn er hatte eine schwerwiegende Kopfverletzung. Körperlich wird er mit einem geeigneten Reha-Programm schnell wieder gesund werden."

„Und geistig?", sprach Hannah nach einem kurzen Augenblick des Schweigens das aus, was uns allen durch den Kopf ging.

„Nun, Luke befindet sich zurzeit in einem künstlichen Koma. Spätestens nächste Woche sollte er aber wieder sein Bewusstsein erlangen, denn bis bis dahin sollte sich sein Körper fürs erste regeneriert haben. Schwere Folgeschäden durch den Unfall können wir nahezu ausschließen. Jedoch kann es sein, dass durch seine Kopfverletzung Probleme mit dem Sprachverhalten oder mit dem Langzeitgedächtnis auftreten können. Das werden wir erst sehen, wenn er wieder bei Bewusstsein ist."

Das war natürlich überhaupt keine gute Nachricht.

„Ist es möglich, dass sich Luke an gar nichts mehr erinnert? Nicht einmal mehr an uns?"

„Davon gehe ich nicht aus; ganz ausschließen kann ich es aber leider nicht. Da müssen wir wie gesagt die nächste Woche abwarten."

Das war alles, was wir von dem Arzt erfuhren. Danach sind wir heimgefahren, haben uns alle kurz verabschiedet und nun liege ich in meinem Bett. Dass sich Luke nicht mehr an mich und all unsere Erlebnisse erinnern könnte, war ein richtiger Stich ins Herz für mich gewesen. Auch wenn meine größte Angst – Luke endgültig zu verlieren – vorerst vom Tisch ist.

Was läuft momentan nur falsch um mich herum? Maya wird entführt und Luke stirbt fast bei einem Unfall. Das soll er also sein, der tollste Sommer meines bisherigen Lebens? Meinen 18. Geburtstag in einigen Tagen darf ich dann alleine verbringen? Warum? Wieso passiert so viel Schlimmes?

Morgen kommen meine Eltern aus dem Urlaub zurück, denen darf ich nach Mayas Tragödie nun auch noch von dem Unfall erzählen. Na super. Das wird mit Sicherheit wieder eine der vielen schlaflosen Nächte werden. Nun auch noch Luke.

Ich bin jetzt vollkommen alleine. All meine positiven Gedanken von meinem Gespräch mit Hannah sind auf einen Schlag verloren gegangen. Werde ich überhaupt nochmal so etwas wie Glück in meinem Leben empfinden? Momentan fällt es mir wirklich sehr schwer, daran zu glauben.


Ich stehe im Flur. Zahlreiche Menschen rennen planlos an mir vorbei, aber ich nehme sie gar nicht richtig wahr. Mein Blick ist nur auf das kleine Fenster in der Tür vor mir fokussiert. Am liebsten würde ich sofort hindurchgehen, aber ich kann es nicht. Mein Körper ist dazu nicht in der Lage. Denn er weiß, was mich hinter dieser Tür erwartet. Luke. Aber nicht mein seit Jahren bester Freund, nein. Den gibt es nicht mehr.

Blut quillt aus dem Schlüsselloch heraus. Mehrere Liter von Lukes Blut. Ich kann schon fast darin schwimmen, so voll ist der ganze Flur damit. Aber die anderen Menschen scheint das gar nicht zu interessieren. Sie laufen einfach weiter ungehindert ihren Weg entlang.

Langsam bewegt sich meine Hand zum Türgriff. Er fühlt sich so kalt an wie alles andere auch – selbst Lukes Blut, dass mir mittlerweile bis zum Hals steht, ist eiskalt. Vorsichtig öffne ich die Tür, doch zu sehen bekomme ich überraschenderweise nur einen Stuhl in einem sonst leeren Raum. Auf einmal taucht Luke in einem weißen Gewand auf, lächelt mich an und setzt sich auf den Stuhl. So gerne würde ich mit ihm reden, aber ich kann es nicht. Ich habe keine Kontrolle über meinen Körper. Ich kann Luke nur sehen, wie er dort sitzt und grinst.

Aber er ist nicht er selbst – das Grinsen, das ist nicht Luke. Das, was dort sitzt, ist Wahnsinn. Blut läuft Luke zwischen den Zähnen heraus, dann fällt er leblos vom Stuhl.


Schweißgebadet sitze ich in meinem Bett. Was war das bitte für ein gruseliger Albtraum?! Hastig nehme ich einen großen Schluss aus der Wasserflasche neben meinem Bett und schaue auf mein Handy. Die Uhr zeigt 03:29 Uhr an.

„Das war alles nur ein böser Trau, Fabian!", sage ich zu mir selbst. Luke ist im Krankenhaus sicher und außer Lebensgefahr, so hat es der Arzt uns doch erzählt. Ich brauche mir also keine Sorgen zu machen, dass Luke doch noch sterben könnte. Das wird er nicht.

Als ich das nächste Mal aufwache, ist es kurz nach sieben. Besonders gut habe ich nach dem Albtraum nicht mehr geschlafen. Immerhin folgte danach nichts Schlimmes mehr.

Verschlafen stehe ich auf und gehe hinunter in die Küche. Alles sieht aus wie immer – wie gestern, letzte Woche, letzten Monat und auch letztes Jahr. Dabei ist gar nichts so wie immer.

In wenigen Stunden werden meine Eltern ankommen. Dann sorgen sie wenigstens dafür, dass ich mich nicht mehr so alleine Zuhause fühlen werde. Ohne Maya und ohne Luke.

Nachdem ich mir eine Tasse Kakao gemacht habe, schlurfe ich zur Haustür. Bevor Mum und Dad wieder heimkommen, sollte ich auf jeden Fall noch das Haus ordentlich machen und die Post hineinholen. Der Briefkasten quillt immerhin schon fast über. Mühsam klemme ich mir alle Zeitungen, Werbeblätter und Briefe unter den Arm und gehe wieder zurück ins Haus.

Es beginnt schon wieder zu regnen. Ich schmeiße alles auf den Küchentisch und will schon wieder nach oben gehen als mir plötzlich ein an mich adressierter Brief ins Auge fällt. Wer schickt mir denn Post?

Ich öffne den durchnässten Umschlag und zum Vorschein kommt ein weißer Zettel. Das hier ist nichts Offizielles, denn es gibt keinen Absender oder so. Stattdessen steht nur in der Mitte etwas handgeschrieben. Mir stockt der Atem, während ich lese.

„Lass Maya und mich in Ruhe! Sie braucht dich nicht. Luke war meine letzte Warnung! Akzeptiere Mayas Entscheidung und ruf die Polizei zurück!"

Wahnsinn. Dieser Brief kommt direkt von Mayas Entführer, was ich schon an der Handschrift erkennen kann. Und eins wird mir im gleichen Moment auch noch bewusst: Luke hatte keinen Unfall. Der Entführer wollte ihn ermorden.

Es ist bereits später Nachmittag als meine Eltern aus dem Urlaub zurückkommen. Ich hatte den restlichen Mittag damit verbracht, das Haus zu putzen und Ordnung in meinem Zimmer zu schaffen. Wahnsinn, was in den letzten zehn Tagen alles geschehen ist. Mein Leben hat sich innerhalb weniger Tage um 180 Grad gedreht – ohne dass ich etwas verhindern hätte können.

Nachdem meine Mum mich gefühlt eine Ewigkeit umarmt hat, setzen wir uns auf die Couch im Wohnzimmer. Meine Eltern wissen noch nichts von Lukes Unfall, jedoch aber von Maya, die in den letzten Tagen immer wieder in der Presse auftauchte.

„Wie geht es dir? Das mit Maya muss dich furchtbar getroffen haben. Bist du sicher, dass wir doch nicht früher hätten heim kommen sollen?"

„Nein, nein, alles gut. Das hätte nichts geändert. Ich komme mittlerweile ganz gut damit klar, aber ich hoffe natürlich trotzdem andauernd, dass sich die Polizei meldet und Maya gefunden hat. Unversehrt."

Mein Dad, der bislang recht schweigsam in seinem Lieblingssessel gesessen hatte, mustert mich mit mitleidigem Blick.

„War Maya deine Freundin?"

„Nicht so richtig. Wir haben uns gerade erst kennengelernt gehabt, aber sie war und ist mir sehr, sehr wichtig."

„Ich bin mir sicher, dass sie gefunden wird, Fabian", versucht mich meine Mutter zu trösten.

„Das hoffe ich auch."

Kurz schweigen wir, ehe ich versuche, etwas positive Stimmung aufzubringen bevor ich das Drama um Luke erzähle.

„Wie war denn so euer Urlaub? Erzählt mal, etwas Ablenkung könnte ich gut gebrauchen." „Gut, wir konnten uns richtig erholen. Bis wir von Maya erfahren haben, da haben wir uns natürlich viele Gedanken gemacht."

„War denn hier sonst alles in Ordnung?"

Das war die Gelegenheit, um von dem Unfall zu erzählen. Aber es fiel mir so schwer.

„Alles okay? Du siehst ja so aus als hättest du einen Geist gesehen." Mein Vater versucht wie immer mit seinen Witzen die Stimmung aufzuheitern, aber er merkt selbst recht schnell, dass wirklich etwas passiert ist.
„Luke hatte einen Unfall."

Zwanzig Minuten später sitze ich wieder in meinem Zimmer und starre aus dem Fenster. Meine Eltern waren geschockt darüber, dass Luke im Krankenhaus liegt und haben sofort seine Eltern angerufen. Mit ihnen verstehen sie sich schon seit Jahren gut. Von der Botschaft, die im Briefkasten lag, habe ich aber nichts erzählt. Wenn sie wüssten, dass ich mich offensichtlich in Gefahr befinde, wenn ich die Suche nach Maya nicht einstelle, würden sie bestimmt durchdrehen vor Angst. Dennoch musste ich jemandem von der Botschaft berichten und da alle meine nahestehenden Personen momentan im Krankenhaus liegen oder entführt wurden – das klingt fast schon zu ironisch um wahr zu sein – fällt meine Wahl auf Kommissar Breuer. Mit ihm würde ich offen über alles sprechen können, zumal ich nach Lukas Unfall noch gar nicht in Kontakt war.
Nachdem ich mit meinem Rad zum Polizeipräsidium gefahren war, begegne ich Breuer direkt zufällig auf dem Gang.
„Hi Fabian, von dir habe ich ja auch schon länger nichts mehr gehört. Aber ich würde sowieso gerne mal mit dir sprechen, denn ich habe heute Morgen von dem Unfall von Luke erfahren. Komm doch gerade bitte mal mit."

Wortlos folge ich ihm in einen Raum, der offensichtlich für ein Verhör gebaut wurde. Tatsächlich sehen diese Räume in Krimis irgendwie gruseliger aus – in der Realität wirkt es mehr wie ein Besprechungszimmer ohne Fenster.

„Mein Beileid, dass du nach der Entführung von Maja jetzt auch noch um deinen besten Freund zittern musst. Das war wirklich ein sehr dummer Zufall, dass diese beiden tragischen Geschichten innerhalb so kurzer Zeit stattfinden mussten."

„Ich glaube nicht, dass Lukes Unfall ein Zufall war.", falle ich direkt mit der Tür ins Haus. „Wie meinst du das?", mustert mich Breuer mit fragendem Gesicht.

„Nachdem ich Luke im Krankenhaus besucht habe, habe ich das hier in meinem Briefkasten gefunden."

Vorsichtig ziehe ich den Zettel mit der Drohung aus meiner Jackentasche und schiebe sie dem Kommissar zu. Schweigend betrachtet er den Brief und liest ihn sich mehrmals durch.

„Das verändert alles", sind die ersten Worte von Breuer, nachdem er aus seiner kurzzeitigen Starre wieder aufgetaut ist.

„Wie meinen Sie das?"

„Wir haben es hier nicht nur mit einem Entführer zu tun, Fabian. Dieser Mann scheint offensichtlich zu allem bereit zu sein." Er klingt auf einmal aufgeregt und beginnt, mit schnellen Schritten quer durch den kleinen Raum zu laufen. So nervös habe ich ihn noch nie erlebt.

„Du befindest dich in Gefahr, Fabian. Wir müssen die

Suchmaßnahmen dringend erhöhen, denn wenn der Entführer es tatsächlich auf Luke abgesehen hatte, scheint er sehr skrupellos vorzugehen. Anfangs habe ich ihn nur für einen fanatischen Liebhaber gehalten, aber da scheine ich mich getäuscht zu haben."

Ich merke, wie mich seine plötzliche Nervosität ansteckt und fast schon unterbewusst meine Finger auf dem Tisch zu trommeln beginnen. „Was soll ich jetzt tun? Mich vor dem Täter verstecken?"

„Nein, das bringt nichts. Du musst ab sofort aber sehr vorsichtig sein, bis wir den Entführer geschnappt haben. Ich möchte dir keine Angst machen, aber nach der Aktion mit Luke glaube ich nicht, dass diese Botschaft nur eine leere Drohung ist. Der Typ scheint völlig aus dem Ruder zu laufen."

„Okay", gebe ich kleinlaut vor mir und wische mir den Schweiß von der Stirn. „Soll ich meinen Eltern davon erzählen? Die sind heute aus dem Urlaub zurückgekommen und wissen noch nichts von dem Drohbrief."

„Auf jeden Fall. Auch wenn sie sich wahrscheinlich große Sorgen um dich machen werden – sie können dich etwas schützen. Ich werde zusätzlich dafür sorgen, dass mehrmals täglich eine Streife durch eure Straße fährt, die nach verdächtigen Personen in der Gegend Ausschau hält."

So weit ist es nun also gekommen. Ich verkrieche mich in meinem Zimmer, während die Polizei draußen steht und auf mich aufpasst. Und sobald ich das Haus verlasse, muss ich damit rechnen, dass jederzeit ein Psycho von hinten ankommt und mich vor einen Zug schubst. Oder mich in einer abgelegenen Gegend überfällt. Was passiert, wenn sie Maja eben nicht so schnell wiederfinden? Ich meine, bislang gab es doch auch kaum Indizien. Soll ich dann mein weiteres Leben in Angst verbringen? Das ist doch kein lebenswerter Zustand.

Als ich auf dem Heimweg durch ein kleines Waldstück fahre, merke ich sofort, wie die Angst in mir aufkommt. Er könnte in jedem dieser Büsche hier sitzen. Hinter jedem Baum mit einem Messer auf mich warten. Er müsste mich nur vom Rad schmeißen, kurz auf mich einstechen und das war es dann. Er hat dann Maja für sich, mich ermordet und Luke vielleicht für immer verändert. Wie blind kann Liebe eigentlich jemanden machen, dass man zu so etwas fähig wird?

Als ich schließlich das Waldstück verlasse, atme ich kurz auf. Nichts war passiert. Aber morgen vielleicht? Oder übermorgen? Mir reicht es jetzt auf jeden Fall. Eben habe ich einen Entschluss gefasst, den ich gleich morgen früh auch umsetzen werde. Ich werde mich nicht verstecken und verkriechen, nur weil der Entführer es gerne so hätte. Nein. Ich werde mehr denn je nach Maja suchen und mir dabei eine Waffe mitnehmen, denn kampflos gebe ich mich diesem Schwein bestimmt nicht geschlagen. Er zerstört innerhalb weniger Tage mein ganzes Leben und das soll ich mir einfach so mit ansehen? Niemals! Ab morgen kann er sich auf etwas gefasst machen!

## Brief Fünf

Meine Maya,

ich habe mir überlegt, dass ich dir weiterhin Briefe schreiben werde, auch wenn du sowieso schon bei mir bist. Ich habe daran Gefallen gefunden. So kann ich stets meine Gefühle für dich aufschreiben und dir dann eines Tages alles vorlesen.

Die letzten Tage mit dir waren wunderschön. Ich genieße jede Sekunde zu zweit mit dir. Wie einsam war ich doch nur ohne dich? Wie habe ich es geschafft, morgens überhaupt aufzustehen, ohne vor Sehnsucht nach dir zu sterben? Du bist mein Ein und Alles. Mein Herz gehört vollkommen dir. Und andersherum ist es genauso, das ist ja das Wunderbare! Auch wenn ich mich ausdrücklich dafür entschuldige, dass du noch immer die Fesseln tragen musst. Aber ich habe immer noch Angst, dass du mit der Situation überfordert bist. Bald werde ich sie dir ablegen, denn auch ich bin ja irgendwie noch überfordert. Überfordert von dem ganzen Glück und der ganzen Liebe!

Das einzige, was mich jetzt noch stört, ist dieser Fabian. Der bildet sich doch tatsächlich ein, dass du noch an ihn denken würdest! Du hättest ihm klarer machen sollen, dass du nur mit ihm spielst und der nur das Mittel zum Zweck ist. Du denkst doch schon lange nicht mehr an ihn! Aber er scheint das einfach nicht kapieren zu wollen. Deshalb musste ich ihm auch diesen Denkzettel verpassen. Es ging nicht anders, wirklich! Ständig schnüffelt er nach dir herum und sogar die Polizei hat er eingeschaltet. Niemand gönnt uns beiden unser Glück! Niemand! Ich hoffe, er hat die Warnung jetzt verstanden, sonst bringe ich das mit Luke ein für alle Mal zu Ende. Menschen bedeuten mir sowieso nichts mehr. Für niemanden habe ich Gefühle außer für dich. Du bist alles für mich. Schau mal, meine Liebste, ich habe dir sogar ein kleines Gedicht geschrieben.

Du bist für mich wie eine Frühlingswiese in der Sonne,
so viele bunte Blüten sind dort überall zu sehen.
Jeder Augenblick erfüllt mich hier mit Wonne,
ich möchte nie wieder von hier gehen.

Deine Lippen sind so intensiv wie von rotem Mohn,
deine Augen strahlen wie der Himmel in hellem blau.
Jeder Ausdruck von dir ist wie ein perfekt getroffener Ton
Ich kann es nicht anders sagen – du bist die perfekte Frau.

Drum lass ich dich nie wieder aus meinem Herzen fort,
ich halte dich darin als ginge es um mein Leben.
Ich bin mir sicher, du willst für immer bleiben dort
Dann wird mein Herz auch für immer mit dir beben.
Ich hoffe, es gefällt dir so gut wie es mir gefällt. Wenn meine Mutter dich sehen könnte, so würde sie stolz auf

mich sein, dass ich dein Herz erobert habe. Sie ist genauso ein Engel wie du, Maya.

Mein Herz – ich kann den Stift kaum noch halten. Ich hasse es! Schon wieder fängt dieses Zittern an. Ständig zuckt meine Hand nach vorne und ich kann nichts dagegen tun. Wann hört es denn endlich auf! Gestern kam noch hinzu, dass ich so ein extremes Stechen in meinem Kopf hatte. Das ging bestimmt eine halbe Minute so und ich konnte nicht einmal mehr stehen. Ich war so froh als der Schmerz endlich wieder weg war. Als hätte einen Nagel in meine Stirn gehämmert.

Gestern Abend ist noch etwas anderes passiert was mich etwas verärgert hat. Ich weiß ja, dass du gerne mit mir spielst, Maya. Aber du kannst mit diesem Spiel doch nicht ständig jede Liebe von dir weisen! Ich wollte dich doch nur ein erstes Mal küssen, aber du hast dich gewehrt. Immer und immer wieder hast du an den Fesseln gezogen und mich schließlich sogar mit einem Schlag bluten lassen. Heute Morgen war noch immer diese kleine Wunde an der Stirn zu sehen. Was hast du dir dabei gedacht? Es tut mir ja leid, aber ohne die Spritze wärst du ja gar nicht mehr ruhig geworden! Als du dann endlich still warst, habe ich auch meinen Kuss bekommen. Deine Lippen fühlen sich so sanft an als könnte ich glatt in ihnen versinken. Weißt du, wie besonders das für mich war? Ich habe noch nie zuvor ein Mädchen geküsst gehabt. Jetzt war es soweit und alle Loser von früher können neidisch auf mich sein! Alle, die in der Schule meinten, dass ich niemals eine Freundin haben werde! Jetzt staunt ihr, ihr kleinen Maden! Nun erblasst ihr vor lauter Neid, während ich im Glück versinke!

Das soll es erst einmal gewesen sein, aber schon bald werde ich dir den nächsten Brief schreiben. Ich habe großes mit uns beiden vor, mein Liebling! Warte nur ab - es wird wunderschön werden.
Ich hoffe, dass wir jetzt wirklich ungestört bleiben können und du endlich mit der Spielerei aufhörst. Dann kann uns nichts mehr trennen – bis in alle Ewigkeit.

In Liebe

L.

## Kapitel 10

Als am nächsten Morgen um 7 Uhr mein Wecker klingelt, bin ich schlagartig hellwach. Sonst brauche ich mindestens eine halbe Stunde, um nach dem Aufstehen halbwegs lebendig zu wirken, aber heute ist es anders. Mein Gehirn arbeitet von der ersten Sekunde auf Hochtour und das Aufstehen ist heute ausnahmsweise ein Leichtes. Seit ich gestern beschlossen habe, aktiver denn je nach Maya zu suchen, ist der Ehrgeiz und meine Motivation zurückgekehrt.

Meinen Eltern habe ich noch gestern Abend von dem Drohbrief erzählt und sie waren wie erwartet schockiert gewesen. Doch auch ihre Bitten und Warnungen, ab sofort nicht mehr alleine unterwegs zu sein, können mich nicht mehr aufhalten. Ich ziehe mir meine schwarze Jogginghose und einen alten Pulli an, schnappe meine Cap und laufe leise die Treppe hinunter. Bevor ich mit dem Rad losfahre, fühle ich nochmal in meiner Hosentasche nach – ja, es ist noch da. Ein kleines, aber sehr robustes Messer, mit dem ich mich im Notfall mit allen Kräften verteidigen würde. Mich bekommt er nicht!

Mit diesem rebellischen Gefühl schwinge ich mich auf mein Rad und fahre los. Ziel ist der Bahnhof, von wo aus ich etwa eine Stunde mit dem Zug fahren muss. Währenddessen kann ich mir nochmal genau überlegen, wo ich mit meiner Suche beginnen möchte.

Ich weiß von der Autowerkstatt noch, in welcher Stadt das Fahrzeug des Täters verkauft worden ist. Ich weiß zwar nicht, ob er auch dort wohnt, aber es ist mein einziger Anhaltspunkt – auch auf die Gefahr hin, dass er mich entdeckt und versteht, dass ich trotz seiner eindringlichen Warnung nicht auf ihn höre. Was bleibt mir denn sonst anderes übrig?

Mit etwas Verspätung komme ich schließlich an und durch meinen letzten Besuch hier mit Luke kenne ich mich noch ganz gut aus. Vorsichtig laufe ich durch die Straßen mit der Hoffnung, irgendetwas zu sehen, was mir helfen könnte. Aber außer dem Auto kenne ich ja so gut wie nichts von dem Entführer und ein weiterer Brief von ihm wird mir wohl kaum entgegenfliegen.

Trotzdem verspüre ich heute zum ersten Mal seit Langem wieder Zuversicht in mir. Straße für Straße laufe ich durch die Stadt und die Stunden vergehen. Zwischendurch esse ich kurz etwas zu Mittag bei einer Pizzeria. Doch die Suche bleibt erfolglos.

Als es schon fast 17 Uhr ist, gebe ich auf und laufe langsam wieder zurück in Richtung Bahnhof. Mein Zug würde zwar erst in zwei Stunden fahren, aber ich bin mittlerweile so schlapp vom ganzen Laufen, dass ich mich nur noch auf eine Bank setzen und auf meinen Zug warten möchte. Ich versuche auf dem Rückweg, möglichst einen anderen Weg zu nehmen, um noch nicht erkundete Regionen der Stadt zu durchlaufen.

Nach etwa zehn Minuten lande ich in einer Wohngegend, die dringend renoviert werden müsste. Die Mehrfamilienhäuser sind alle in unterschiedliche Grautöne getränkt und bei einigen Wänden bröckelt auch schon der Putz ab. Zwar verfügen die meisten Wohnungen über einen eigenen Balkon, aber die sind nicht mit Blumen dekoriert, sondern dienen größtenteils als Ablagestelle für Müll und alte Sachen. Mit einem Mal wird mir bewusst, wie glücklich ich mich schätzen kann, in einer anständigen Wohngegend und nicht hier aufgewachsen zu sein. Dann wäre ich heutzutage mit Sicherheit an anderer Mensch.

Nach einer Kreuzung folgt immerhin eine kleine Bäckerei, die recht einladend aussieht. Sie hat aber leider schon geschlossen, sodass ich mir für den Heimweg nichts mehr zu essen mitnehmen kann. Dennoch vermittelt sie wenigstens ein paar positive Gefühle in dieser tristen Gegend.

Ich sollte mich beeilen, hier wegzukommen, denn die herumlaufenden Menschen sehen nicht gerade freundlich aus. Ich biege in eine Seitenstraße ab, die direkt an einem Wald liegt und bleibe schlagartig stehen. Das konnte nicht sein. Vor mir liegt ein kleiner Platz mit drei Hochhäusern und an der einzigen offenen Seite beginnt ein dichtes Waldstück. Das alles aber interessiert mich nicht im Geringsten. Meine maximale Aufmerksamkeit gilt eines der fünf parkenden Autos vor dem Hauseingang.

Das Foto von dem Auto des Entführers führe ich schon lange ausgedruckt mit mir herum. Eigentlich brauche ich es gar nicht mehr ansehen, so sicher bin ich mir. Dennoch werfe ich einen kurzen Blick auf das Bild und es bestätigt meinen ersten Eindruck sofort. Ich stehe vor dem Fahrzeug, mit dem Maya entführt wurde.

Perplex laufe ich in Richtung des Hauseingangs. Sollte ich nun einfach dort klingeln? Was hätte ich davon? Ich müsste bestimmt bei zehn verschiedenen Wohnungen klingeln, bis ich den Autobesitzer erwischen würde. Und selbst dann? Sollte ich ihn bitten, Maya wieder freizulassen und alles wird wieder gut? Wohl kaum. Er wüsste stattdessen, dass ich nach wie vor auf der Suche nach ihm bin und dass ich soeben einen großen Schritt nach vorne gemacht habe. Wahrscheinlich würde er mich augenblicklich verschwinden lassen, ohne dass es jemand mitbekommen würde. Oder man denkt, dass es ein tragischer Unfall ist.

Bevor ich die Polizei rufe, möchte ich aber einen Blick in das Auto hineinwerfen. Langsam bewege ich mich in Richtung des Fahrzeugs. Bei dem Gedanken, was Maya darin zugestoßen ist, wird mir schlecht. Als erstes bekomme ich die alten Sitze im Auto zum Vorschein und eine in der Mitte liegende Tasche. Das Fahrzeug hat seine besten Jahre mit Sicherheit schon hinter sich, aber man kann erkennen, dass es noch regelmäßig benutzt wird.

Ich laufe einmal herum und betrachte es auch von der anderen Seite. Etwas sonderlich Auffälliges entdecke ich aber nicht. Es könnte genauso gut ein Fahrzeug von einer typischen Kleinfamilie sein – leider ist es dies aber nicht. In diesem Auto wurde Maya eine der schlimmsten Dinge angetan, die man sich nur vorstellen kann für eine junge Frau.

Schließlich mache ich mit meinem Handy noch einige Fotos für die Polizei. Gleich würde ich mich mit Kommissar Breuer in Verbindung setzen, um ihm die Adresse mitzuteilen. Vielleicht hat bald doch noch alles ein gutes Ende. Ich gehe nochmals kurz an das Auto heran, um ein Foto in den Kofferraum machen zu können.

„Hey, du Spinner! Was machst du da an meinem Auto?!" Völlig erschrocken lasse ich mein Smartphone fallen und drehe mich blitzartig um. Instinktiv greift meine Hand nach dem Messer in meiner Tasche.

„Geh weg da! Ich will die alte Schüssel nicht verkaufen. Zieh ab!" Der Mann, der zu mir sprach, passte so gar nicht zu dem Bild, was ich von Mayas Entführer im Kopf habe. Ein bestimmt 60-jähriger Mann mit einer viel zu starken Alkoholfahne kommt langsam in meine Richtung. Er hat ihr das alles angetan? Ich nehme meinen ganzen Mut zusammen und komme ihm einen Schritt entgegen.

„Wo ist Maya?", frage ich ihn.

Er bleibt stehen und schaut mich verdutzt an. Verdammt, er ist wirklich ein guter Schauspieler, so ahnungslos wie er tut.

„Was für eine Maya? Die einzige Maya, die ich kenne, ist seit zwanzig Jahren tot. Hau jetzt ab und lass mich in Ruhe!" Kümmerte es ihn denn gar nicht, dass ich ihn gefunden habe? Müssten bei ihm nicht alle Alarmglocken schrillen, wo ich ihm jetzt auf die Schliche gekommen bin? Seltsam.

„Ich gehe hier nicht weg, bis du mir sagst, wo Maya ist, du Schwein! Ich rufe gleich die Polizei!"

Verwirrt kommt er mir etwas näher. „Verdammt nochmal, ich kenne keine Maya! Was ist überhaupt dein Problem, Junge? Warum drohst du mir hier mit der Polizei?"

„Weil du sie entführt hast! Sie ist meine Freundin!" Ich habe mich noch nie so stark und selbstbewusst gefühlt wie in diesem Moment.

„Wen soll ich entführt haben? Kleiner, ich glaube du hast irgendwas geraucht. Ich entführe doch niemanden, wie sehe ich denn aus?" In der Tat wirkt dieser Mann nicht gerade so als wäre er ein eiskalter Entführer. Warum aber ist er dann im Besitz von diesem Auto?

„Gibt es noch andere Leute, die mit deinem Auto fahren können?"

Verwundert blickt er in Richtung seines Fahrzeugs. „Nein, wieso auch? Ich wohne seit Jahren alleine und meine Frau ist schon lange tot. Seitdem fahre nur ich damit – aber auch nur äußerst selten, zur Arbeit laufe ich immer. Warum willst du das überhaupt wissen?" Mein Bauchgefühl sagt mir, dass ich nicht gerade mit dem Entführer spreche. Entweder habe ich das Fahrzeug doch verwechselt oder der Täter hat es ihm möglicherweise geklaut und wieder zurückgebracht.

„Meine Freundin Maya wurde vor einigen Tagen mit deinem Auto entführt. Seitdem sucht die Polizei nach ihr, bislang aber ohne Erfolg. Deshalb habe ich mich nun selbst auf die Suche gemacht und nun deine Karre gefunden."

„Du meinst, mit meinem Auto wurde deine Freundin entführt? Das kann gar nicht sein. Niemand hat doch Zugriff darauf."

„Offensichtlich doch. Es ist mit Sicherheit dein Auto. Es wurde von einer Überwachungskamera gefilmt."

„Das kann ich mir beim besten Willen nicht erklären. Wann soll das denn gewesen sein?" „Vor gut eineinhalb Wochen. Seitdem ist Maya verschwunden."

„Das Auto habe ich seit mindestens drei Wochen nicht mehr angerührt. Wir können ja mal nachschauen, der Tank ist sowieso leer. Das Ding bewegt sich wahrscheinlich nicht einmal mehr bis zur nächsten Tankstelle."

Er beginnt, in seiner Tasche zu kramen. Mittlerweile tut es mir total leid, dass ich ihn anfangs so angefahren habe. Er hat wohl nichts mit Mayas Verschwinden zu tun und ich habe ihn direkt beleidigt.

„Wo ist denn der Schlüssel?!", ruft er ärgerlich. „Mist, ich muss ihn verloren haben. Das kann aber eigentlich nicht sein, er ist immer in dieser Tasche hier!" Er öffnet ein kleines Fach mit Reißverschluss, aber es befindet sich nichts darin.

„Sicher, dass du den Schlüssel nicht weggelegt hast?"

„Ganz sicher. Ich hol den da nie raus."

Und auf einmal zischte mir ein Gedanke durch den Kopf. Es lag so offensichtlich auf der Hand. „Jemand hat dir den Schlüssel gestohlen und Maya entführt, damit der Verdacht nicht auf ihn fällt."

„Quatsch, bei mir bricht doch niemand ein."

„Überleg bitte nochmal genau, wer noch Zugriff auf den Schlüssel haben könnte." Angestrengt schaut er mich an.

„Niemand. Es war ja nicht einmal jemand bei mir Zuhause." Auf einmal stockt er und sein Gesicht verfärbt sich weiß. Er sieht schlagartig zehn Jahre älter aus.

„Alles okay?", frage ich vorsichtig.

„Ja, ja, ich muss jetzt los. Hier, ich gebe dir meinen Namen und meine Telefonnummer, dann können wir nochmal telefonieren. Ich kann auch der Polizei nochmal alles sagen. Ich muss mich jetzt aber beeilen." Er holt schnell einen Zettel aus seiner Tasche, kritzelt etwas darauf und gibt ihn mir. „Tschüss."

Und schon verschwindet er im Treppengang, ohne dass ich noch etwas sagen konnte. Auf dem Zettel steht in sehr unleserlicher Schrift eine Nummer und ein Nachname: Brunst. Eins ist mir jetzt schon klar: Mit dieser Sauklaue konnte er niemals diesen Brief an Maya verfasst haben. Es muss jemand also sein Auto gestohlen haben, was auch den verschwundenen Schlüssel erklärt. Aber wieso ausgerechnet seine alte Kiste? Ich muss sofort zur Polizei, um dort meine ganzen neuen Informationen an den Kommissar weiterzugeben. Endlich habe ich eine heiße Spur!

## Kapitel 11 – Vater

Da war ich erst einmal baff. Gerade komme ich nichtsahnend vom Einkaufen nach Hause und im nächsten Moment verändert sich alles für mich. Dieser Junge – 18 oder 19 Jahre vielleicht alt – beschuldigt mich eines Verbrechens, ohne mich zu kennen. Mit meinem Auto wurde ein Mädchen entführt? Und jetzt ist plötzlich mein Autoschlüssel verloren gegangen? Oder sogar geklaut worden? Da stimmt doch etwas vorne und hinten nicht.

Spätestens als ich meinen Schlüssel nicht mehr gefunden habe, kam mir ein schrecklicher Verdacht. Ich konnte dem Jungen natürlich nichts davon erzählen, denn ich bin mir selbst ja nicht sicher. Und ich hoffe so sehr, dass ich falsch liege mit meinem Verdacht.

In meiner Wohnung finde ich zunächst einmal nichts. Kein Schlüssel, nur der übliche Dreck, der hier überall herumliegt. Ich muss dringend mal wieder meine Wäsche waschen – wann ist es das letzte Mal her? Zwei Wochen? Keine Ahnung. Auf einmal kommt mir noch eine Idee, wo der Schlüssel sein könnte. In meinen kleinen Schrank mit alten Wertsachen habe ich schon ewig nicht mehr geschaut. Wahrscheinlich wimmelt es dort nur so von Spinnen und anderem Ungeziefer.

Doch zu meinem Erstaunen sieht das alte Holzkästchen sehr sauber und gepflegt aus. Komisch, habe ich das denn jemals putzt? Vielleicht als ich mal betrunken war und jetzt kann ich mich nicht mehr daran erinnern. Scheiß Alkohol.

Aber sehr schnell kann ich erkennen, dass auch in dem Kästchen der Schlüssel nicht liegt. Nur ein altes Taschenmesser von mir, eine alte Brieftasche und mein zweiter Wohnungsschlüssel. Sonst ist alles – Moment. Da fehlt noch etwas. Der Schlüssel zu meiner Waldhütte. Wo ist der denn schon wieder hin? Ich war doch schon seit mindestens zwei Jahren nicht mehr dort und seitdem habe ich den auch nie herausgenommen. Es hat doch auch niemand bei mir eingebrochen – warum sollte man einen Schlüssel klauen, von dem man nicht einmal weiß, für welche Tür er bestimmt ist? Und dafür meine Brieftasche liegen lassen?

Tatsächlich interessiert mich auf einmal brennend, wie es im Inneren meiner Brieftasche aussieht. Dort habe ich mir noch etwas Bargeld aufbewahrt, um in Notfällen noch etwas Nahrung kaufen zu können. Naja, wenn ich ehrlich bin, werde ich das Geld wahrscheinlich nur für Bier und Kippen ausgeben. Was ist nur aus mir geworden. Neben rund 200 Euro finde ich noch meinen Führerschein und ein paar alte Rechnungen darin.

Als ich es gerade schon wieder in die Schachtel legen möchte, fällt ein Zettel aus der Brieftasche hinaus. Ich hebe ihn auf und erkenne, dass es ein Bild und kein Zettel ist. Ein Bild von meinem einzigen Sohn. Es zeigt ihn, wie er noch 16 Jahre alt war und auf die Tochter von unserer alten Nachbarin aufgepasst hat, ehe sie umgezogen sind. Er war so ein lieber Junge. Damals hatten wir noch

Kontakt, wir hatten ein Verhältnis zueinander – wenn auch kein Gutes. Ich habe so viel falsch gemacht und würde die Zeit am liebsten zurückdrehen. Tränen steigen mir in die Augen beim Gedanken daran, was für eine tolle Familie wir geworden wären. Meine Frau, mein Sohn und ich. Doch das Schicksal hat alles vermasselt! Warum musste sie sterben? Womit hat sie das verdient?! Laura war so eine wunderbare Frau, da hätte ich es vielmehr verdient gehabt, draufzugehen!

Seit sie gestorben ist, habe ich keine Nacht länger als fünf Stunden geschlafen. Bis heute taucht ihr Gesicht immer wieder nachts in meinen Träumen auf und lächelt mich an. Aber dann verändert sich ihr Lächeln und es wird zu einem fiesen Grinsen. So fies wie sie niemals hätte schauen können. Aber im Traum war es möglich. Sie ruft zu mir, schreit mich an und verfolgt mich – Nacht für Nacht. Ich kann sie einfach nicht loswerden. Ich habe das Gefühl, sie gibt mir die Schuld für das, was aus unserem Sohn geworden ist. Und irgendwo hat sie ja auch recht.

So schweifen meine Gedanken dahin. Auf der Rückseite steht noch meiner Handschrift etwas geschrieben. Es ist schon so ein altes Bild, dass es mir schwer fällt, meine eigene Schrift zu lesen. „Lukas & Maya beim Lernen".

Nein, das konnte nicht sein. Das war nur ein ganz blöder Zufall. Es gibt tausende Mädchen in Deutschland, die Maya heißen. Aber was, wenn es kein Zufall war? Wenn sich mein erster Verdacht bestätigt hat? Warum hat er mich vor ein paar Tagen besucht – ziemlich exakt an dem Tag, wo die Freundin des Jungen verschwand? War es möglich...nein! Zu so etwas wäre er niemals in der Lage! Nicht mein Sohn! Er mag isoliert von der Gesellschaft leben und nicht gerade den besten Job haben, aber so etwas kann nur ein Monster tun. Und mein Sohn ist kein Monster! Lukas war zwar schon immer etwas anders und hatte noch nie eine Freundin. Aber dass er zu so etwas fähig wäre, kann ich mir niemals vorstellen. Ich muss sichergehen, dass mein Verdacht nur Schwachsinn ist. Dass alles eigentlich in bester Ordnung ist und mein Sohn nur sein normales Leben nachgeht. ‚Ich muss zur Waldhütte.

Mit meinem Auto konnte ich nicht fahren, sodass ich auf das Fahrrad umgestiegen bin. Knapp zwei Stunden dauerte der Weg bis in den Wald, wo die Hütte lag, in der ich früher sooft mit Laura übernachtet habe. Es war unser Rückzugsort gewesen, um dem stressigen Alltag zu entkommen. In fast zehn Jahren Ehe waren wir jährlich bestimmt acht oder neun Wochenenden hier zum Übernachten.

Der Waldweg erinnert mich sofort an die wunderbaren alten Zeiten. Es sieht noch immer genauso aus wie vor dreißig Jahren – als mein Leben noch von Bedeutung war. Der Geruch des Waldes wirkt fast betörend auf mich. Es tut so gut, wieder hier zu sein. Viel zu lange ist es her, dass ich überhaupt einen Wald betreten habe. Umso stärker wirkt die Natur nun auf mich. Das intensiver grün der Sträucher und Blätter, die mehrere Meter in die Höhe wachsenden Bäume und der zwischen den Baumkronen immer wieder aufblitzende Sonnenschein. Es fühlt sich an wie eine Explosion von positiven Eindrücken, verbunden mit so vielen schönen Erinnerungen. Wann habe ich mein Leben eigentlich verloren? War Lauras Tod gleichzeitig mein eigenes Ende?

Ich biege auf den Waldweg ein, an dessen Ende die Hütte steht. Schon von Weitem kann ich sie erkennen. Mit meinem Vater habe ich sie noch im Kindesalter selbst gebaut – wochenlang haben wir Holz gesammelt, dieses zersägt und daraus diesen kleinen Rückzugsort mitten im Nirgendwo gebaut. Das Dach haben wir dann mit professioneller Hilfe gebaut, weil es ansonsten wohl undicht geworden wäre.

Als ich vor der Hütte mein Fahrrad abstelle, überkommt mich im ersten Moment eine große Erleichterung. Alles ist verschlossen und keine Menschenseele ist irgendwo zu sehen. Zum Glück habe ich mich mit diesem schrecklichen Verdacht getäuscht. Wie konnte ich Lukas so etwas Grausames auch nur einen Moment lang nur zutrauen?

Langsam laufe ich einmal um die Hütte herum. Ich kann mich noch genau daran erinnern, wie wir stundenlang im Wald waren, um Material für die Hütte zu sammeln. Ich wünschte, mein Verhältnis zu Lukas wäre genauso gut wie das zu meinem eigenen Vater damals. Aber dazu wird es wohl nie wieder kommen.

Ich öffne das kleine Eingangstor und laufe über den mit Ästen und Blättern bedeckten Waldboden. Selbst das kleine Loch in der Wand war noch da – wir haben es damals eingebaut, damit Igel im Winter hineinkriechen konnten. Allerdings war es etwas seltsam, dass Licht aus dem Loch schien. Es gab immerhin keine Fenster an den Wänden, sodass es eigentlich stockdunkel im Inneren sein müsste. Vorsichtig ducke ich mich und werfe einen Blick in das Loch hinein. Tatsächlich konnte ich eine brennende Lampe erkennen – wie die hineingekommen ist, konnte ich mir aber nicht erklären. Überhaupt sieht es sehr aufgeräumt und geputzt aus. Merkwürdig.

Auf einmal meine ich, ein Geräusch wahrzunehmen. Sind dort Tiere drinnen? Aber wieso brennt dann ein Licht – wer hat es dort hingestellt?

„Hallo, ist da jemand?", rufe ich durch das Loch hindurch. Keine Antwort. Natürlich nicht, ich bin ja auch nicht ganz bei Verstand. Als ob da jemand in der Hütte... ein Schrei. Nicht laut, aber ich kann ihn genau hören.

Das ist nicht möglich. Perplex raffe ich mich auf und laufe weg. Raus aus dem Gartentor, in den Wald hinein. Jemand ist in der Hütte und schreit nach Hilfe. Ich spüre, wie mich meine Kräfte verlassen und ich zu Boden sinke. Was hat Lukas nur getan? Ist es wirklich Maya, die er darin gefangen hält?

Erst jetzt wird mir bewusst, dass ich ihr helfen muss. Sie muss dort hinaus – wer weiß, wie lange sie da schon drinnen ist. Schnell renne ich zur Tür und lehne mich dagegen. Da höre ich sie wieder schreien. Es klingt herzzerreißend. Ich mache einen Schritt zurück. „Entschuldige, Vater." Dann trete ich die mühsam aufgebaute Tür ein und springe nach Innen. Mein Herz setzt einen Schlag aus.

Das Mädchen liegt gefesselt auf dem Bett und sieht mich mit verheulten Augen an. Sie sieht so fertig aus als hätte sie seit Tagen nichts mehr zu essen bekommen. Um sie herum liegen überall Rosenblätter verteilt und es stehen mehrere Kerzen auf dem kleinen Tisch neben der Wand. Das kann alles nicht real sein. Aber eins ist mir auch sofort bewusst: Das ist Maya. Ihr Gesicht ist unverwechselbar.

„Was...", mehr bekomme ich nicht heraus. Ich nähere mich dem Bett und versuche, ihre Fesseln zu lösen. Aber sie sind zu stramm. Ich suche die Wand nach einem Messer ab und werde schnell fündig. Vorsichtig nehme ich es in die Hand und beginne, das dicke Seil aufzuschneiden. Gleichzeitig bin ich nicht in der Lage, auch nur einen klaren Gedanken zu fassen. Mein Sohn hat Maya hierher entführt und hält sie seit Tagen wohl gefangen. Die kleine Maya, die er früher immer so liebevoll betreut und die sich so wohl bei ihm gefühlt hat. Wie konnte er ihr nur so etwas antun?

Das erste Seil ist fast durch. Maya schluchzt vor Freude. Sie zittert am ganzen Körper als würde sie sich darauf vorbereiten, wegzurennen. Ein letzter Schnitt und ihr rechtes Bein ist frei.

„Das würde ich besser lassen!", höre ich auf einmal unmittelbar hinter mir. Schlagartig drehe ich mich um und erblicke ihn. Doch das, was da vor mir steht, mit diesem gierigen Blick und dem Messer in der Hand, ist nicht mein Sohn. Es ist ein Monster. „Schön, dich zu sehen, Vater!"

Fassungslos blicke ich in die Augen des Mannes, der mein Sohn sein sollte. Mit breitem Grinsen steht er in der aufgetretenen ‚Tür und blickt verächtlich auf mich hinab.
„Wieso hast du das getan, Lukas?" Grinsend schaut er mich an.
„Maya gehört schon immer zu mir. Sie ist meins und wird es auch für immer bleiben!"
„Das ist Wahnsinn! Lass das Mädchen frei und wir können über alles sprechen – dann kann dir geholfen werden, Lukas!" Er lacht.
„Geholfen? So wie du mir geholfen hast all die letzten Jahre?"
„Ich weiß, ich habe Fehler gemacht,..."
„Das ist schön, dass du das weißt. Aber soll ich dir was verraten? Das ist mir komplett egal. Du bist mir komplett egal. Ich habe Maya und damit mehr als jeder andere Mensch je auf dieser Welt besitzen wird!"
Sein Lachen klingt genauso hassdurchdrungen wie er sich in diesem Moment präsentiert. Langsam dreht er das Messer in der Hand.
„Ich bitte dich, lass Maya frei! Denkst du, du tust ihr damit etwas Gutes?"
„Natürlich. Wir lieben uns. Und zwar deutlich mehr als du Mutter je geliebt hast!" Seine Unterlippe bebt.
„Ich habe Laura mehr geliebt als jeder andere!"

„Wag es nicht, ihren Namen auszusprechen! Du hast sie ermordet! Sie wäre immer für mich da gewesen im Gegensatz zu dir! Sieh nur an, was aus dir geworden ist, du besoffener Penner! Du kniest vor deinem eigenen Sohn und winselst um Gnade. So wünsche ich mir das, du Versager!"

Was kann ich nur machen, um ihn von seinem Wahnsinn abzubringen?! Sein gieriger Blick und sein beängstigendes Lächeln lassen mich den Glauben an ihn verloren.

„Bitte, Lukas. Lass sie gehen!"

„Niemals. Wir gehören zusammen – Maya und ich. Und du wirst sie mir nicht wegnehmen! Niemand wird das !"

Ich stehe langsam auf und blicke ihm tief in die Augen.

„Weißt du eigentlich, wie deine Mutter es finden würde, dass du ein Mädchen entführst?!" „Lass sie aus dem Spiel!"

„Nein! Du liebst sie doch so sehr also überlege dir auch was sie dazu sagen würde. Sie würde dich nicht wiedererkennen, Lukas! Du begehst hier gerade ein schlimmes Verbrechen! Was denkst du wie es Mayas Eltern geht? Oder ihrem Freund?"

„Ihr Freund? Dass ich nicht lache. Den hatte sie nur, um mich eifersüchtig zu machen." „Hörst du dir überhaupt zu? Nichts von dem was du sagst, stimmt! Maya liebt dich nicht!" „Doch, das tut sie! Wir gehören zusammen!"

Ich werde nicht zu ihm durchdringen können. Schon als Kind war er sehr stur, aber das ist nun ein anderes Level.

„Nun gut, dann werde ich wohl die Polizei rufen müssen. Dann wirst du dich mit denen herumschlagen dürfen!" Ich ziehe mein Handy aus der Hosentasche, doch schon im nächsten Moment springt Lukas auf mich und schlägt mir das Gerät aus der Hand.

„Das lässt du schön bleiben!" Perplex liege ich am Boden. Dass er soweit gehen würde und mich angreift, hätte ich niemals für möglich gehalten.

„Lukas, was ist nur aus dir geworden? Ich weiß, dass ich dich schon lange verloren habe. Aber wir können doch nochmal von vorne beginnen!"

„Hier beginnt niemand mehr von vorne. Nur Maya ist meine Zukunft, alle anderen Menschen sind mir egal!"

Er ist krank. Krank vor Liebe. Ich muss irgendwie aus der Hütte hinaus, aber Lukas versperrt den Weg zur Tür. Und anscheinend hat er meinen Blick nach draußen verfolgt.

„Willst du weglaufen? So wie die letzten Jahre auch? Vor Laura und mir?"

„Lass mich jetzt hier raus. Dir ist nicht mehr zu helfen."

„Schön, wenn du das so siehst. Aber für dich gibt es keinen Ausweg mehr."

„Wie meinst du das? Lass deinen Vater jetzt nach draußen und dann sehen wir uns meinetwegen nie wieder."

„Damit du uns bei der Polizei verrätst? Das lässt du schön bleiben."

„Ich werde niemandem was sagen, das verspreche ich dir. Lass mich jetzt nur gehen!"

Das klang wohl nicht ansatzweise so glaubhaft, wie es eigentlich klingen sollte. Doch zu meiner Überraschung verschwindet sein Grinsen und er macht einen Schritt auf mich zu. „Nun gut, dann werde ich dir einmal im Leben vertrauen. Aber enttäusche mich bitte nicht! Geh und lass dich nie wieder blicken!"

Er streckt mir seine Hand hin, um mir hochzuhelfen. Anscheinend bin ich wirklich etwas zu ihm durchgedrungen. Ich nehme seine Hand und er zieht mich schnell nach oben. Ich will gerade an ihm vorbei aus der Tür laufen als er nochmal seine Hand auf meine Schulter legt. Ich drehe mich ein letztes Mal langsam um und stehe unmittelbar vor meinem Sohn.. „Mach es gut, Daddy!", flüstert Lukas mir ins Ohr. Dann rammt er mir sein Messer in den Bauch und alles um mich herum wird schwarz.

## Kapitel 12

„Wie hast du das alles herausgefunden?" fragt Kommissar Breuer mit großen Augen.

„Ich hatte viel Glück. Eigentlich war ich schon wieder auf dem Heimweg, aber dann ist mir das Auto aufgefallen. Und glücklicherweise ist mir kurz darauf der Herr Brunst begegnet." Breuer macht sich immer noch Notizen in seinen kleinen Block. Es ist mir ein Rätsel, wie er seine Schrift später lesen soll. Selbst mit fünf Jahren sah meine Schrift leserlicher aus als seine.

„Wir werden uns sofort mit dem Autobesitzer in Verbindung setzen. Wir müssen das Fahrzeug auf Spuren untersuchen, das könnte eine ganz heiße Spur sein. Sehr gute Arbeit, Fabian!" Wer hätte vor ein paar Wochen noch gedacht, dass der anfangs so kritische Kommissar mal so freundlich zu mir sein könnte.

Zwei Stunden später bin ich auf dem Weg ins Krankenhaus, um nach Luke zu sehen. Der zuständige Doktor meinte, dass es ihm immer besser geht und er in den nächsten Tagen aufwachen könnte. Ob er dann allerdings noch derselbe Luke sein wird wie vor dem Unfall, kann man nach wie vor nicht sagen. Das wird sich alles erst zeigen, wenn mein bester Freund wieder bei Bewusstsein ist.

Schon beim Betreten des Krankenhauses empfängt mich dieser typische, ekelhaft nach Medikamenten riechende Geruch. Seit ich klein bin hasse ich Krankenhäuser mehr als jeden anderen Ort. Grund dafür ist wohl, dass ich mir als kleiner Junge mal die Schulter ausgekugelt habe und das Einrenken vom Arzt der heftigste Schmerz war, den ich je in meinem Leben empfunden habe. Tatsächlich war ich noch zwei bis drei weitere Male Patient – dann meist aufgrund von irgendwelchen Verletzungen vom Fußball. Bänderriss, Fußbruch oder Knöchel verstaucht – schon vor dem Training hat mich meine Mum immer mit mitleidigem Blick angeschaut. „Dass du mir heute unverletzt heimkommst!", hatte sie mich immer gebeten. Meistens ging es ja gut. Meistens.

Lukes Zimmer liegt im dritten Geschoss. Ich nehme die Treppe, weil ich Aufzüge nicht ausstehen kann. Der Arzt meinte, dass seit gestern Luke besucht werden dürfte. Seine Eltern waren vermutlich gestern schon bei ihm, aber momentan sehe ich niemanden vor seinem Zimmer stehen. Langsam gehe ich zu der Tür und öffne sie leise. Warum eigentlich? Vielmehr sollte ich Lärm machen, damit Luke endlich wieder aufwacht aus dem Koma.

Zum Glück empfängt mich im Zimmer nicht das Bild, was ich in meinem Traum gesehen hatte. Luke liegt regungslos im Krankenhausbett und ansonsten ist das Zimmer sehr freundlich gestaltet. Neben seinem Bett steht eine Vase mit Tulpen – dann waren seine Eltern wohl tatsächlich schon zu Besuch gewesen. Ich schließe die Tür, nehme mir einen Stuhl aus der Ecke und setze mich zu Luke ans Bett. Ob mein Kumpel mich hören kann? In Filmen sprechen die Freunde doch immer mit den Komapatienten und dann wachen sie auf einmal auf. Aber ob so etwas auch in der Realität funktioniert?

„Hi, Luke."

Keine Reaktion. Wer hätte es gedacht. Langsam, aber in regelmäßigen Abständen atmet er vor sich hin.

„Wenn du wüsstest, was ich herausgefunden habe. Ich war wieder eigenständig nach Maya suchen und stell dir vor ich habe das Auto gefunden, mit dem Maya entführt wurde! Der Besitzer war aber wohl nicht der Täter. Trotzdem meint die Polizei, dass es eine ganz heiße Spur ist und dass bald vielleicht alles wieder gut sein wird! Dann musst du nur noch gesund aufwachen, Luke."

Keine Reaktion bei Luke. Aber ich denke, es ist dennoch gut, ihm von den ganzen Vorfällen zu erzählen, die er verpasst hat. Es ist irgendwie auch seltsam, still die ganze Zeit neben ihm am Bett zu sitzen und auf irgendein Zeichen des Weltalls zu warten.

Nach einer guten halben Stunde bin ich wieder auf dem Heimweg. Es ist mittlerweile schon stockdunkel und nur die Straßenlaternen werfen noch ein Licht auf den Fahrradweg. Keine Menschenseele ist mehr zu sehen. Erinnerungen werden wieder wach als ich Maya verabschiedet habe und sie um eine ähnliche Uhrzeit nach Hause gelaufen ist. Es muss damals ähnlich leer auf der Straße gewesen sein, bis dieses eine Auto aufgekreuzt ist. Was wäre gewesen, wenn ich sie nach Hause gebracht hätte? Hätte ich damit alles verhindern können oder hätte der Täter einfach auf den nächstbesten Zeitpunkt gewartet? Wenn ich den Brief vorher gefunden hätte, wäre ich direkt zur Polizei gegangen und man hätte

Vorsichtsmaßnahmen für Maya treffen können. Aber so ist es eben nicht passiert. Trotzdem besteht nun wieder eine realistische Möglichkeit, sie aus den Fängen dieses Perversen zu befreien – wer auch immer es ist.

Ich fahre bewusst an der Stelle vorbei, wo das Auto in besagter Nacht gefilmt wurde. Wie lange hat er wohl hier gewartet? Es war ja nicht absehbar, wann Maya mein Haus verlassen würde – wenn überhaupt. In dem Brief, den er geschrieben und auf der Straße verloren hat, schildert er seine enorme Eifersucht mir gegenüber. Wenn es mich nicht in Mayas Leben gegeben hätte, wäre es nie soweit gekommen? War die Entführung nur eine von Eifersucht getriebene Übersprungshandlung? So viele Fragen und so wenige Antworten.

Aber es bringt mich auch nicht weiter, über diese ganzen möglichen Optionen zu grübeln. Es ist geschehen und niemand kann es rückgängig machen. Deshalb sollte meine höchste Priorität nicht auf irgendwelchen Gedankenspielen liegen, sondern auf der Suche nach Maya. Und damit bin ich ja heute schon sehr erfolgreich gewesen. Hoffentlich kann der Autobesitzer der Polizei morgen weiterhelfen oder sie finden einen entscheidenden Hinweis. Bis dahin muss ich mich aber dringend ausruhen, denn nach so einem anstrengenden Tag wie heute fallen meine Augen selbst auf dem Fahrrad fast von alleine zu.

Der nächste Morgen beginnt mit Sonnenschein und Vogelgezwitscher als würde die Natur mir sagen wollen als wäre heute ein guter Tag. Mit dem Gedanken daran, dass heute vielleicht der entscheidende Tag in der Suche nach Maya sein könnte, ist es für mich ein Leichtes, mich aus dem Bett zu schwingen und mit meinen Eltern zu frühstücken. Vor allem meiner Mutter fällt auf, dass ich zum ersten Mal seit ihrer Wiederankunft am Lächeln bin.

„Du strahlst heute ja fast so wie nach dem Abitur. Habe ich irgendetwas verpasst?"

„Nein, nein. Aber ich spüre, dass heute ein guter Tag wird."

„Das wünsche ich dir so sehr", antwortet sie und streichelt mir leicht über die Schulter. „Das hast du dir nach so viel Leidenszeit in den letzten Wochen auch wirklich verdient."

Meine Laune steigert sich nach dem Frühstock noch mehr, denn Breuer hatte sich bei mir am Telefon gemeldet und mich gebeten, in zwei Stunden auf der Wache vorbeizukommen. Er würde jetzt mit einem Kollegen zu dem Herrn Brunst fahren und ihn verhören. Hoffentlich wird dann ein zielführender Hinweis zum Vorschein kommen!

Die Wartezeit bis dahin scheint kein Ende zu nehmen. Ich fühle mich fast so nervös wie vor der Bekanntgabe der Abiturergebnisse. Ständig laufe ich in meinem Zimmer auf und ab, checke regelmäßig mein Handy nach neuen Nachrichten ab und fahre fast eine halbe Stunde zu früh los in Richtung Polizeirevier.

Zu meiner Überraschung steht dort der Kommissar bereits im Flur – das Verhör hat wohl nicht ganz so lange gedauert, wie er es erwartet hatte.

„Hi, Fabian. Du bist aber früh dran."

„Sorry, ich konnte es gar nicht mehr abwarten. Gibt es was Neues?"

„Komm bitte erst einmal mit. Wir besprechen das Ganze lieber in meinem Büro."

Der Flur endet an einer großen Holztür. Breuer führt mich in den Raum hinein und bietet mir einen Stuhl an. Das komplette Büro ist sehr modern gestaltet und der braune Schreibtisch scheint das einzige Möbelstück im Raum zu sein, was nicht schwarz oder weiß ist.

„Wir waren eben bei Herr Brunst Zuhause. Tatsächlich handelt es sich bei dem Wagen um das Auto, mit dem Maya entführt wurde. Es ist auf jeden Fall derselbe Wagen aus dem Überwachungsvideo." Nervös rutsche ich auf meinem Stuhl hin und her.

„Und weiter?"

„Wir konnten den Autobesitzer leider nicht antreffen. Er war nicht in seiner Wohnung und auf der Arbeit wurde er heute auch nicht gesehen. Herr Brunst hatte sich nicht einmal krank gemeldet, was sehr ungewöhnlich sei, denn das wäre mit ihm noch nie passiert." Das konnte doch nicht wahr sein. Er wusste doch, um was es hier geht und gestern hatte er doch extra noch betont, für Fragen der Polizei zur Verfügung zu stehen.

„Etwas anderes macht mich noch stutzig", fährt Breuer fort. „Sein Fahrrad war nicht an seinem Stellplatz. Herr Brunst scheint bei seinen Nachbarn nicht besonders bekannt zu sein, aber sein grünes Fahrrad würde jedem in der Nachbarschaft auffallen. Seit gestern Abend wurde weder er noch sein Rad gesichtet."

„Also ist er mit seinem Fahrrad weggefahren? Aber wohin?"

„Das ist eine gute Frage. Hat er gestern einen gehetzten Eindruck gemacht?" Ich denke kurz nach.

„Ja, in der Tat. Auf einmal musste er ganz dringend weg und wollte gar nicht mehr mit mir reden. Das war kurz nach dem Moment, wo er festgestellt hat, dass sein Autoschlüssel verschwunden ist."

„Das ist interessant. Wir haben auf alle Fälle eben eine öffentliche Fahndung nach Herrn Brunst eingeleitet und die Bevölkerung dazu aufgefordert, uns sofort Bescheid zu geben, wenn er gesichtet wird." Immerhin etwas.

„Was genau ist jetzt der Plan, wie es weiter gehen soll?"

„Wir müssen nun zunächst die Ergebnisse der Fahndung abwarten. Falls Herr Brunst bis morgen nicht auftaucht, werden wir uns Zugriff zu seinem Fahrzeug verschaffen und dort nach möglichem Beweismaterial suchen. Ich bin mir sicher, dass wir dort zumindest von Maya Haare oder Ähnliches finden werden. Vielleicht kommen wir so an erste Täterspuren."

„Okay. Gibt es denn schon einen Verdacht, wer das Auto gestohlen haben könnte? Ich meine, Herr Brunst war sich ja sicher, dass niemand bei ihm eingebrochen ist."

„Wir müssen überprüfen, wer sonst Zutritt in seine Wohnung hat. Allerdings hat eine erste Suche bereits ergeben, dass er nur über einen Zweitschlüssel zur Wohnung verfügt. Diesen Schlüssel besitzen die direkten

Nachbarn, mit denen wir auch schon gesprochen haben."

„Kommen die denn als mögliche Täter in Frage?"

„Nein, dass Paar hat ein Alibi. Sie waren bis vorgestern drei Wochen im Urlaub."

Das macht die ganze Geschichte nicht einfacher, denn so fallen auch die einzigen Zeugen weg, die die Tür von Herr Brunst noch beobachten könnten.

„Ich halte dich auf dem Laufenden, Fabian. Aber ich bin mir sicher, dass wir auf einem guten Weg sind. Mach dir bitte nicht zu viele Sorgen." Wäre schön, wenn das so einfach wäre.

Am Nachmittag bin ich seit einigen Tagen endlich mal wieder am See. Neben Hannah sind noch ein paar andere Leute da, mit denen ich mich noch aus Schulzeiten ganz gut verstehe. Die Zeit mit ihnen zu verbringen, tut gut, denn so muss ich nicht andauernd an Maya denken. Wir schwimmen etwas in der Mittagshitze, unterhalten uns auf der Wiese und versuchen, alles andere um uns herum auszublenden. Glücklicherweise weiß auch nur Hannah von den aktuellen Ermittlungsständen, sodass mich der Rest größtenteils in Ruhe lässt mit dem Thema. Nächste Woche werde ich meinen 18. Geburtstag feiern – wohl aber nur im kleinen Kreis mit meiner Familie. Ursprünglich hatte ich mir mal überlegt, eine ganz große Party in einer Grillhütte zu veranstalten, aber dazu habe ich momentan überhaupt keine Lust. Nicht ohne Maya und Luke.

Am Abend schaue ich mit Hannah noch einen Film. Das haben wir früher sooft gemacht, aber mit der Zeit ist das irgendwie untergegangen. Umso schöner ist es, dass wir uns Ritual aus Kinderzeiten nun wiederholen.

„Du kannst dir aber schon denken, welchen Film wir schauen werden, oder?", fragt mich Hannah mit einem breiten Grinsen im Gesicht. Wir liegen bei ihr Zuhause auf der Couch und sie läuft geheimnisvoll mit einer DVD-Hülle vor mir hin und her.

„Ich habe da so eine leise Vorahnung. Hat es irgendetwas mit Tieren und einer Insel in Afrika zu tun?"

„Neeein, wie kommst du denn darauf?!"

Sie zieht den Film„Madagaskar" hinter ihrem Rücken hervor. Das war ein Insider zwischen uns, denn diesen Film haben wir schon als kleine Kinder liebend gerne zusammen geschaut. Als vor nicht allzu langer Zeit ein neuer Teil ins Kino kam, sind wir auch direkt gemeinsam in die Premiere gegangen.

Tatsächlich kann ich während des Film meinen Kopf etwas abschalten und meine Gedanken schweifen lassen. Wie schön wäre es jetzt, nur mit meinen engsten Freunden auch auf einer einsamen Insel zu stranden und dort ein Leben nach eigenen Wünschen zu gestalten? Wo es nur uns gäbe? Sobald ich etwas ernster schaue, scheint Hannah das sofort zu bemerken und heitert mich mit einer dummen Bemerkung wieder auf.

„Wenn das Zebra so drauf wäre wie du, hätten die sich den Film auch echt sparen können", ist ein Satz aus dieser Kategorie. Dazu trinken wir fast zwei Liter Cola – ebenfalls eine Angewohnheit aus Kindheitstagen.

Als der Film schließlich zu Ende ist, holt Hannah auf einmal eine Kamera hervor.

„Die hast du immer noch?!", frage ich erstaunt.

„Ja, erinnerst du dich noch an die Digitalkamera? Die habe ich letztens beim Aufräumen gefunden. Und stell dir vor: Alle Videos von früher sind immer noch gespeichert. Wir waren da acht oder neun Jahre alt, stell dir mal vor wie unsere Stimmen da noch klingen."

Sie kichert und schaltet die Kamera ein. Sofort taucht ein Video auf, auf dem mein Gesicht aus etwa fünf Zentimeter Entfernung zu sehen ist.

„Du bist ja echt eine Profi-Fotografin", sage ich empört. Meine Frisur sah wirklich grauenvoll aus. Auf dem Video renne ich auf dem Balkon herum mit einer Blume in der Hand und reiße andauernd Blätter davon ab, bis sich nur noch der Stängel in meinen Händen befindet. „Hier, Hannah, für dich." Meine Stimme war so hoch wie es nur ein Opernsänger imitieren könnte. „Ich will die nicht haben. Du hast sie kaputt gemacht!", antwortet Hannah, die die Kamera hält. Darauf ist zu sehen, wie ich den Stängel den Balkon hinunterwerfe und sie auslache. Hannah beginnt zu weinen und zu meiner eigenen Überraschung tröste ich sie sogar.

„Am nächsten Tag hast du mir eine ganze Blume geschenkt, erinnerst du dich?", fragt mich Hannah lächelnd.

„Ja, aber es wundert mich, dass du das noch weißt."

„Das vergesse ich doch nicht. Ich habe damals bestimmt eine Stunde lang an ihr gerochen. Das war so süß von dir."

Ich spüre, wie ich etwas rot im Gesicht werde. Damals dachte ich auch immer, dass ich Hannah eines Tages heiraten werde. Aber wir haben den entscheidenden Schritt irgendwann verpasst. So sind wir nicht ein Paar, sondern beste Freunde geworden.

Auf einmal habe ich das große Bedürfnis, Hannahs Nähe zu spüren und umarme sie.

„Oh, womit habe ich das denn verdient?", fragt sie mit einem Lachen.

„Dafür, dass du immer für mich da bist und stets auf meiner Seite stehst."

„Na, dann muss ich mich mindestens genauso bei dir bedanken." Die Umarmung dauert bestimmt eine halbe Minute, ehe wir uns lösen. Das hat richtig gut getan. Als kleiner Junge fand ich es immer ekelhaft, wenn meine Eltern wollten, dass ich sie zum Abschied umarme. Heute könnte ich davon nicht genug bekommen.


Gegen Mitternacht bin ich wieder Zuhause und liege in meinem Bett. Ich hatte noch kurz mit meiner Mutter gesprochen, die wissen wollte, ob bei mir alles in Ordnung sei. Sie macht sich in den letzten Tagen immer große Sorgen, wenn ich nachts alleine mit dem Fahrrad nach Hause komme. Doch ich versichere ihr immer, dass alles in Ordnung ist und sie sich keine großen Sorgen machen muss. Immerhin werde ich ja nächste Woche erwachsen sein. Das stellt sie dann immer zufrieden und sie geht mit einem Lächeln zu Dad ins Schlafzimmer.

Seit dem Albtraum aus dem Krankenhaus werde ich glücklicherweise von solch verstörenden Fantasien verschont. Zwar sind meine Träume immer noch nicht von Schönheit geprägt, aber immerhin lassen mich diese gruseligen Bilder von dem blutenden Luke in Ruhe. Auch Maya taucht noch regelmäßig in meinen Träumen auf, aber sie leidet in ihnen nicht mehr so sehr, wie noch vor einigen Tagen. Es fühlt sich mehr so an als wüsste sie, dass sie bald gerettet wird.


Wie entspannt der gestrige Abend doch geendet hat, so hektisch beginnt der neue Morgen. Um sieben Uhr morgens weckt mich mein Handy. Allerdings ist es nicht wie üblich der Wecker, sondern Kommissar Breuer, der mich anruft. Verschlafen melde ich mich bei ihm.

„Hallo, Fabian. Entschuldige bitte, dass ich mich so in aller Frühe melde. Aber es ist etwas passiert. Bitte komm schnellstmöglich auf die Wache. Wir haben einiges zu besprechen." Schlagartig bin ich hellwach. Was war geschehen? Es muss was Entscheidendes gewesen sein, denn ansonsten rief mich Breuer immer erst zur Mittagszeit an und wollte von mir nur, dass ich im Laufe des Tages mal bei ihm auf der Wache vorbeischaue. Nun klang er allerdings um einiges hektischer.

Keine zehn Minuten später sitze ich auf dem Rad und fahre in Richtung Polizeirevier. Den Weg kenne ich mittlerweile schon auswendig und werde ihn wohl auch nie wieder vergessen. Am Eingang empfängt mich Breuer direkt.

„Gut, dass du so schnell kommen konntest. Es ist wirklich wichtig, sonst hätte ich dich auch niemals so früh angerufen. Komm mit."

Er hat es wirklich eilig. Wir biegen diesmal nicht zu seinem Büro ab, sondern wieder in den Verhörraum. Wir setzen uns auf die beiden Stühle und er holt eine Mappe unter dem Tisch hervor.

„Wir haben heute Morgen etwas Schlimmes erfahren und ich benötige deine Hilfe, um sicherzugehen, dass wir richtig liegen." Er schweigt kurz, damit ich ihm folgen kann. Sein Blick ist deutlich eindringlicher als sonst.

„Okay. Heute Morgen wurde eine Leiche gefunden in der Nähe von hier. Ich habe hier ein Bild von dem Gesicht des Opfers, denn alles andere würde ich dir gerne ersparen."

In Schockstarre sitze ich vor ihm. Wurde Maya gefunden? Tot? Nein, das konnte nicht wahr sein! Das war nicht möglich!

„Keine Sorge, es ist nicht Maya. Von ihr gibt es leider nichts Neues", sagt Breuer schnell als könne er meine Gedanken lesen. Ich atme einmal tief ein und wieder aus. Okay, um wen geht es dann?

„Bist du bereit?" Was blieb mir anderes übrig?

„Ja, zeigen Sie mir das Bild."

Er öffnet die Mappe und holt ein Foto daraus hervor. Es dauert nur einen Sekundenbruchteil bis ich den Mann erkenne. Sofort kommt es in mir hoch.

„Hey, hey, ich tu es ja schon wieder weg. Brauchst du einen Eimer?"

Aber dafür ist es schon zu spät. Ich war zum Mülleimer in der Ecke gesprungen und habe mich augenblicklich übergeben.

Es dauert bestimmt fünf Minuten, ehe sich mein Magen wieder beruhigt hat. Breuer hatte mir Tücher gebracht und als ich wieder halbwegs hergestellt war, setze ich mich zurück auf meinen Platz.

„Erkennst du denn den Mann?" Ich nicke.

„Das ist er. Das ist Herr Brunst."

Der Kommissar nickt vorsichtig und legt die Mappe wieder unter den Tisch.

„Wie...was ist mit ihm geschehen?"

„Er wurde heute Nacht am Waldrand gefunden. Zu diesem Zeitpunkt war er bereits tot. Von seinem Fahrrad haben wir allerdings keine Spur."

„Was ist mit ihm passiert?" Er mustert mich genau und es ist ihm anzusehen, dass es ihm sehr schwer fällt, das Folgende auszusprechen.

„Herr Brunst wurde mit einem Messer ermordet." Stille. Fassungslos senke ich meinen Blick auf den Schreibtisch vor mir.

„Denken Sie, das war der Entführer?", frage ich nach einiger Zeit.

„Wir gehen stark davon aus. Er muss irgendwie mitbekommen haben, dass Herr Brunst mit uns in Kontakt steht."

Erst Maya entführt, dann Luke lebensgefährlich verletzt und jetzt Herr Brunst kaltblütig ermordet. Was war dieser Mensch nur für ein Wesen?

„Wie kann man so etwas nur tun?"

„Ich kann dir das leider nicht beantworten. Der Täter scheut sich vor nichts mehr. Wir brauchen dringend eine Spur zu ihm, sonst könnte er es noch auf andere absehen. Dieser Kerl ist vollkommen wahnsinnig geworden."

„Denken Sie, er hat es nun umso mehr auf mich abgesehen?"

„Das kann ich leider nicht ausschließen. Er weiß jetzt, dass du mit Herr Brunst in Kontakt standest. Deshalb könnte er verstehen, dass du nicht auf seinen Drohbrief gehört hast. Sei weiterhin vorsichtig, Fabian."

„Das werde ich sein. Ich hoffe, dass dieser Wahnsinn bald ein Ende hat."

„Das wird er. Der Täter wird immer unvorsichtiger und gleichzeitig immer gewalttätiger. Es ist nur noch eine Frage der Zeit, bis wir ihn finden werden."

Oder eine Frage der weiteren Todesopfer.

## Brief Sechs

Liebe Maya,

es tut mir so leid, dass er dich von mir losreißen wollte. Er ist eine Bestie, ein Monster und nichts anderes. Noch nie hat er mir Glück gegönnt und heute wurde er endlich dafür bestraft. Mutter wäre stolz auf mich, denn ich habe sie gerächt. So wie er damals für ihren Tod verantwortlich war hätte er schon lange kein Leben mehr verdient gehabt.

Trotzdem hättest du das alles nicht sehen sollen, Maya. Deine sanften Blicke sollen nicht von Blut getränkt werden, sondern nur die schönen Dinge erblicken. Blumen, Wiesen, Sonnenschein – all das ist für dich bestimmt und nicht mein sterbender Vater. Es tut mir so leid. Aber jetzt ist alles vorbei und das ist gut so. Jetzt kann uns niemand mehr trennen Maya! Niemand! Mein Vater ist endgültig für mich gestorben. Für mich gibt es nur noch dich, Maya.Für immer.

L.

**Kapitel 13**

Regentropfen prasseln an meine Fensterscheibe. Es war der erste Sommertag, an dem das Wetter so überhaupt nicht sommerlich war. Die Temperaturen sind stark abgekühlt und ein Gewitter jagt seit dem Morgen das nächste.

Langsam drehe ich mich in meinem Schreibtischstuhl und wende mich wieder Hannah zu, die schweigend auf meinem Bett sitzt. Soeben habe ich ihr von den ganzen aktuellen Vorfällen erzählt und seitdem haben wir kein Wort mehr miteinander gewechselt.

„Hast du Angst, Fabian?", fragt sie schließlich nach einigen weiteren schweigsamen Minuten.

„Angst?", murmle ich vor mich hin. „Gute Frage. Wer weiß, ob ich der nächste bin, dem etwas zustößt."

„Sag so etwas nicht!", antwortet sie direkt. Doch ihrem Gesichtsausdruck ist anzusehen, dass sie sich auch schon Gedanken darüber gemacht hat. Wer soll denn noch alles unter diesem Wahnsinn leiden? „Fabi, ich habe Angst um dich."

Es fühlt sich gut an, das von Hannah zu hören. Sie ist meine beste Freundin und ist einer der wichtigsten Menschen für mich.

„Brauchst du nicht. Ich werde vorsichtig sein und falls ich dem Typen begegne, sollte er sich eher vor Angst in die Hose machen." Wut kocht in mir beim Gedanken an Luke auf. „Ich verstehe, dass du diesen Kerl am liebsten eigenhändig umbringen würdest, Fabi. Aber vergiss nicht, zu was er in der Lage ist. Er hat ein Mädchen entführt, einen Jungen lebensgefährlich verletzt und jetzt auch noch diesen Mann ermordet! Niemand kann vorhersehen, was er als nächstes tut. Wahrscheinlich ist er so besessen von seinen Taten, dass er das nicht einmal selbst kontrollieren kann."

Wenn das aus Hannahs Mund kommt, klingt das alles so vernünftig. Aber ich kann nicht sagen, ob ich vernünftig handeln kann, wenn ich den Mann sehe, der für all das verantwortlich ist.

Ratlos setze ich mich zu Hannah aufs Bett und schließe kurz die Augen. Lasse die Gedanken schweifen und versuche, meine Gedanken von all dem Unglück abzuwenden – vergeblich.

Ich spüre, wie Hannah ihren Arm um mich legt und ihren Kopf auf meine Schulter sinken lässt. „Es tut mir alles so leid für dich", flüstert sie mir leise ins Ohr.

„Für mich muss dir nichts leid tun. Mir ist ja nichts passiert; mir hat er nur fast alle wichtigen Menschen genommen", antworte ich mit ironischem Unterton. Meine Stimmung hat wieder mal den Tiefpunkt erreicht.

Plötzlich klingelt mein Handy. „Hallo?", frage ich leise. Ich hatte nicht nachgeschaut, wer der Anrufer ist.

„Fabian, komm sofort zu uns auf die Wache! Ich denke, wir haben ihn!" Dann war das Telefonat mit Breuer schon wieder beendet. Mit großen Augen schaue ich Hannah an und spüre, wie die verlorene Lebensenergie wieder in mir zurückkehrt.

„Hast du das gehört?" „

Ja, ja. Aber sei bitte vorsichtig, Fabian!"

„Wir holen uns dieses Schwein jetzt und dann hat alles ein Ende! Ich muss jetzt sofort los, Hannah", antworte ich ihr mit bereits angezogener Regenjacke.

„Komm, ich fahre dich mit dem Auto, sonst wirst du ja krank."

„Danke!" Ich umarme sie kurz und schon sind wir auf dem Weg nach draußen. Meine Eltern sind momentan einkaufen und würden kaum mitbekommen, dass ich unterwegs bin. Der Regen empfängt uns mit kräftigen Windböen, doch nach einem kurzen Sprint kommen wir am Auto an.

Keine Viertelstunde später sitze ich mit dem Kommissar in seinem Büro. Breuer wirkte aufgeregt, so hatte ich ihn noch nie erlebt. Es war zwar vermutlich der bisher größte Kriminalfall für ihn, da er mittlerweile das Interesse von ganz Deutschland auf sich gezogen hat, aber bisher ist er damit immer recht gelassen umgegangen.

„Wir haben in der Tasche von Herrn Brunst seine Geldbörse gefunden. Er hatte dort ein Foto, was für uns höchst interessant sein dürfte", fällt er direkt mit der Tür ins Haus.

Er holt eine kleine Plastiktüte hervor und schiebt sie mir vorsichtig zu. Darin befindet sich ein kleines Foto, was schon seine besten Tage hinter sich hatte. Die Ecken waren verknickt und die Farbe war schon leicht ausgeblichen, aber trotzdem war zu erkennen, was es abbildete: einen jungen Mann und ein kleines Mädchen.

Vor allem der Mann kam mir entfernt irgendwie bekannt vor.

„Wer sind die beiden?", frage ich ratlos.

„Das Mädchen auf dem Foto ist zwischen sieben und acht Jahre alt. Kennst du sie?"

Ich schaue genauer auf das Foto. Das Mädchen ist noch sehr klein und ihr Gesicht ohne wirkliche markanten Stellen – sie sah aus wie ein kleines, hübsches Mädchen eben.

„Achte mal auf den Hals." Ich lasse den Blick nach unten schweifen. Auf einmal stockt mir der Atem.

„Das ist Maya!", rufe ich laut und rücke erschrocken mit dem Stuhl nach hinten. „Das Muttermal dort – das hat Maya heute genauso am Hals!"

„So ist es. Herr Brunst musste also Maya kennen. Wir haben deshalb mit ihren Eltern Kontakt aufgenommen und ihnen ebenfalls dieses Foto gezeigt. Sie konnten sich noch genau an die Familie Brunst erinnern."

„An die Familie? Ich dachte, Herr Brunst lebte alleine?"

„Ja, aber das war nicht immer so. Vor 28 Jahren ist seine Frau Laura Brunst gestorben – bei der Geburt ihres Sohnes."

„Er hatte einen Sohn?" Breuer nickt.

„Mayas Mutter kann sich noch sehr genau an ihn erinnern. Er hat früher oft auf Maya aufgepasst als sie noch klein war. Damals war er zwischen 17 und 18 Jahre alt."

Er schweigt kurz, damit ich mitkomme. Ich kann mich kaum noch auf dem Stuhl halten vor Aufregung.

„Im Laufe der Jahre hatte der Sohn von Herrn Brunst wohl kaum noch Kontakt zu seinem Sohn. Wir haben den Weg von ihm nachverfolgt, er wohnt alleine und hat einen einfachen Job."

„Was hat der Sohn mit Maya zu tun, wenn sie sich doch nur früher kannten?"

„Das ist der Punkt. Ein Nachbar hat uns auf Nachfrage berichtet, dass der Sohn vor Kurzem seinen Vater völlig überraschend besucht hat. Und das war an dem gleichen Tag wo der Autoschlüssel verschwand und Maya entführt wurde."

So langsam kapiere ich, worauf der Kommissar hinaus will. „Sie glauben, der Sohn hat Maya entführt?"

„Mayas Mutter hat erzählt, dass er früher andauernd bei Maya zu Besuch war, auch wenn er sie eigentlich gar nicht hätte betreuen müssen. Die beiden haben sich gut verstanden. Als Herr Brunst mit seinem Sohn aufgrund finanzieller Probleme weggezogen ist, hätte der Sohn damals sehr darunter gelitten, Maya nicht mehr zu sehen."

„Aber er ist doch zehn Jahre älter als sie?"

„Das hat sie damals auch schon gewundert. Aber man denkt sich dabei natürlich nichts Böses und Maya hätte auch nie etwas Negatives über ihn gesagt." Er legt ein kurzes Schweigen ein. „Und jetzt kommt der Clou: Der Sohn heißt Lukas Brunst."

L. Das war er.

„Wir haben ein Bild von ihm und würden es dir gerne zeigen. Vielleicht hast du ihn ja auch schon einmal gesehen."

Ich nicke und rücke wieder näher an den Tisch heran. Vorsichtig dreht Breuer den Bildschirm seines Computers und öffnet eine Bilddatei. Schockiert schaue ich auf das Foto. „Du kennst ihn?", entnimmt er meinem Blick. Fassungslos nicke ich.

„Ja, natürlich. Er war bei mir Zuhause. Er hat gesagt, er sei ein Journalist und hat mir ganz seltsame Fragen gestellt."

Nun springt auch der Kommissar von seinem Stuhl auf.

„Das gibt es ja nicht! Der Kerl ist ja noch viel dreister wie ich dachte! Er hat dich sogar besucht?"

„Vor einer Woche etwa. Er stellte so Fragen wie ob ich überhaupt schon einmal darüber nachgedacht habe, ob Maya nicht freiwillig von mir abgehauen wäre. Ganz seltsamer Typ."

„Er wollte dich auschecken und nachsehen, wie viel du weißt. Deshalb war er bei dir Zuhause."

Immer noch vollkommen schockiert lehne ich mich in meinem Stuhl wieder zurück. Das Licht an der Decke kommt mir auf einmal ziemlich grell vor und ich bekomme etwas Kopfschmerzen.

„Jetzt wissen wir zumindest, wer Maya entführt hat. Aber wie bekommen wir raus, wo er sie gefangen hält?"

„Das ist nun der nächste Schritt. Zwei Kollegen sind bereits auf dem Weg zu seiner Wohnung. Auf der Arbeit ist er heute nicht erschienen und in den letzten Tagen war er häufig krank. Das alles passt zu unserem Bild, dass Lukas Brunst der Entführer und Mörder ist."

„Aber was hat der Kerl denn für ein Motiv?"

„Wie es scheint, ist er fast schon besessen von Maya. So ein Phänomen nennt man obsessive Liebe. Schon als Maya klein war, hat er sich in sie verliebt und ist niemals über sie hinweg gekommen. Wie es scheint, hat er nach Jahren beschlossen, sie wieder aufzusuchen. Als er dann erkannt hat, dass sie kein Interesse für ihn hat, muss er sich vollkommen in etwas hineingesteigert hat. Wahrscheinlich ist er sich nicht einmal im Klaren darüber, was er ihr und allen anderen gerade damit antut. Er will sie nur für sich haben."

„Das heißt, er ist krank?"

„Das ist schwierig zu sagen. Rational denken und handeln tut er auf jeden Fall nicht mehr. Das macht ihn leider auch so unberechenbar. Wir müssen jetzt schnell handeln und herausfinden, wo Maya ist!"

Meine Gedanken überschlagen sich und mein Kopf droht zu Platzen. Mayas Entführer war bei mir Zuhause und ich habe ihn nicht erkannt. Er kannte Maya außerdem schon seit vielen Jahren. Wie passt das alles zusammen? Wenn er wirklich so besessen von ihr ist, wie Breuer es erklärt hat, dann befindet sich Maya in größter Gefahr.

„Kann ich mit Ihnen mitkommen?", frage ich aufgeregt.

„Denkst du, dass das eine gute Idee ist?"

„Ja! Ich kann jetzt sowieso nicht mehr still sitzen! Bitte lassen Sie mich mitkommen, um Maya zu retten!" Er mustert mich mit sorgsamen Blick und nickt dann langsam.

„Also gut. Wir fahren jetzt zur Wohnung von Herrn Brunst, um dort nach Spuren und einem möglichen Aufenthaltsort von ihr zu schauen."

Er winkt einen Kollegen hinein, wechselt ein paar kurze Worte mit ihm und streift sich dann eine Weste über. Danach öffnet er seine Schublade und holt eine Pistole hervor.

„Na dann wollen wir mal", sagt er mit angespanntem Gesicht und befestigt die Waffe an seinem Gürtel. Wir verlassen sein Büro und bewegen uns in Richtung Parkplatz.

## Brief Sieben

Liebe Maya,

dies wird der letzte Brief sein, den ich an dich schreiben werde. Warum genau, werde ich dir gleich erklären. Wichtig ist mir aber vor allem eins: Du musst wissen, dass alles, was ich für uns mache, nur aus Liebe zu dir ist!

Du bedeutest mir so viel. Ich kenne dich schon so viele Jahre und du bist mir nie aus dem Kopf gegangen. Kein Tag ist vergangenen, an dem ich nicht an dich gedacht habe. Dass ich dich damals verlassen musste war für mich das Schlimmste, was mir passieren konnte. Erst hat meine Mutter mich verlassen und dann du. Schuld war natürlich wieder mein Vater! Weil er statt zur Arbeit zu gehen nur an den Alkohol gedacht hat!

Die Zeit ohne dich war für mich das Schlimmste. Mit niemandem wollte ich sprechen, sondern ich habe nur auf mich geachtet und mich irgendwie durchgebissen. Alle Leute, die versucht haben, Kontakt mit mir aufzunehmen, habe ich abgewiesen. Nach all den Jahren habe ich es dann schließlich nicht mehr ausgehalten. Ich musste zurück du der einzigen Person, die mir etwas bedeutete. Ich musste zurück zu dir! Glücklicherweise stand die Adresse von deiner Mutter im Internet, sodass es ein Leichtes war, zu dir zu finden. Und dann sah ich dich. Wow! Du bist noch so viel hübscher als früher geworden. Dein Gesicht, deine Augen, dein Lächeln – du bist wahrhaftig ein Engel. Ab diesem Moment, wo ich das nach all den Jahren das erste Mal wieder gesehen habe, war mir klar, dass ich dich nie wieder gehen lassen kann. Aber ich wusste auch, dass du mich nicht einmal erkennen würdest – das hast du mir in der Stadt bewiesen als du mich nicht erkannt hast. Mir war aber klar, dass ich dich brauche, sonst will ich nicht mehr leben. Es tut mir so leid, was ich dir angetan habe, Maya. Aber du musst mich auch verstehen! Du bedeutest alles für mich und das kann und will ich nicht einfach so ignorieren. Ich bin nicht fähig, ohne deine Nähe auszukommen!

Aber selbst dass scheint nicht auszureichen. In den letzten Tagen hat mich immer wieder die Angst geschürt, dass irgendjemand dich mir doch noch wegnimmt. Wenn mein Vater es schon bis hierhin zur Hütte geschafft hat, dann dauert es gewiss nicht mehr lange, bis die Polizei auch hier sein wird. Dann wird sie dich mitnehmen und mich in ein Gefängnis sperren. Doch das werde ich nicht zulassen! Ich will dich für immer an meiner Seite haben und dafür gibt es nur einen einzigen Weg. Wir werden zusammen zu meiner Mutter gehen, die mich schon sehnsüchtig erwartet. Die Zeit wird knapp, das spüre ich. Deshalb müssen wir uns beeilen, bevor es zu spät ist. Heute Abend brechen wir auf – und werden nie wieder zurückkehren! Denn nur wenn wir zusammen gehen, werden wir unzertrennlich sein.

Ich fürchte mich nicht vor dem Tod und ich hoffe, du auch nicht. Wenn doch, so brauchst du keine Angst haben. Während andere Leute sagen werden, dass wir heute Abend gestorben sind, dann sage ich: Heute ist der Abend, an dem ein neuer Abschnitt für uns beginnt.

Ich habe nur Angst, dich wieder zu verlieren. Mir bleibt nichts anderes übrig, Maya!
Bevor wir heute Abend zusammen gehen, möchte ich noch einmal deine Liebe spüren. Nur ein einziges Mal möchte ich deinen Körper spüren! Ich weiß, dass du dich weiter dagegen wehren wirst, aber wir werden nicht gehen ehe ich nur ein einziges Mal in meinem Leben mit dir geschlafen habe. Wenn das passiert ist, dann werde ich uns beide erlösen.

In unendlicher und immer währender Liebe

Dein Lukas

**Kapitel 14**

Der Fahrstil von Breuer erinnert mich an den meines Vaters. Jede dunkelgelbe Ampel wird noch mitgenommen und jedes ansatzweise zu langsam fahrende Fahrzeug überholt. Aber in diesem Moment ist dies auch mehr als gerechtfertigt, denn es geht jetzt um jede Sekunde. Wir stehen so kurz davor, Maya zu finden und dem ganzen Spuk endlich ein Ende zu setzen.
In nicht einmal 25 Minuten kommen wir bei der Wohnung von Herr Brunst angekommen. Auf der Autofahrt haben wir kaum ein Wort miteinander gesprochen und auch auf dem Weg ins Haus scheint der Kommissar wie in einem Tunnel zu sein.
„Wir haben den Hausschlüssel ebenfalls in der Jackentasche gefunden. Ich werde hineingehen und erst einmal sicherstellen, dass der Sohn nicht im Haus ist. Du bleibst also solange draußen, bis ich dich rufe, verstanden?"
Sein Ton klingt sehr streng. Ich nicke vorsichtig und wir biegen in einen Flur ab, an dessen Ende sich drei Wohnungstüren befinden. Im Inneren sieht das Haus genauso grauenvoll aus wie es bereits von außen gewirkt hat. Die Wände müssten dringend neu gestrichen werden und das eintönige grau müsste die Bewohner mit Sicherheit schon die ein oder andere depressive Phase beschert haben.
Breuer läuft zur mittleren der drei Türen und steckt den Schlüssel in die alte Holztür. Er passt. Mit einer

Handbewegung macht er mir deutlich, dass ich in einem sicheren Abstand hinter ihm warten soll. Ich stelle mich an die Wand und beobachte den Kommissar, wie er den Schlüssel herumdreht und die Tür langsam öffnet.

Zum Vorschein kommt eine altmodisch eingerichtete Wohnung, aber besonders viel kann ich durch den Türspalt nicht erkennen. Sekunden später verschwindet Breuer fast lautlos in der Wohnung und ich bleibe alleine im Flur zurück.

Was wäre, wenn Lukas tatsächlich in der Wohnung wäre und den Kommissar nun überwältigt? Ich hätte nicht den Hauch einer Chance, auch wenn ich das Messer nach wie vor in meiner Hosentasche hatte.

Doch diese Angst legte sich sehr schnell, denn nur wenige Minuten später kommt er wieder hinaus und winkt mich heran.

„Niemand da. Die Wohnung ist sehr unordentlich, bitte fass so wenig wie möglich an!" Wieder nicke ich kurz und folge ihm dann in die Wohnung hinein. Tatsächlich hätte die Wohnung auch schon seit einem halben Jahr leer stehen können, so wie es hier aussieht. Kleidung liegt quer über den Fußboden verteilt, Staub kommt hinter den wenigen Schränken hervor und die Lampe an der Decke flackert ununterbrochen.

„Nach was suchen wir genau?", frage ich den Kommissar leise.

„Das kann ich dir nicht genau sagen. Primär suchen wir Hinweise nach beispielsweise einem Keller oder einem Zweitgrundstück. Wenn wir einen Schlüssel finden würden, könnten wir das-" Er stockt, weil über sein Funkgerät eine Stimme erklingt.

„Ja, ich höre. Was gibt es?", fragt er konzentriert.

„Wir haben das Profil von dem Wohnungsbesitzer überprüft und herausgefunden, dass er eine abgelegene Waldhütte besitzt. Ich schicke dir die Daten gleich einmal zu", antwortet die verzerrte Stimme.

„Alles klar, besten Dank!"

Das könnte es sein. Breuer und ich schauen uns kurz an und als würden wir den gleichen Gedanken haben gehen wir in Richtung Wohnungstür.

„Ich glaube, das ist es!", rufe ich ihm fast schon zu.

„Ich denke auch. Das würde den spontanen Besuch von Lukas bei seinem Vater erklären. Er hat nicht nur den Autoschlüssel, sondern auch den zur Waldhütte gestohlen."

Wir rennen die Treppe nach unten. Ich kann fühlen, dass wir Maya so nah sind wie nie zuvor. Mein Herz pulsiert als wäre gerade der wichtigste Moment meines Lebens. Meine Hände schwitzen seit wir die Wohnung betreten haben. Haben wir es tatsächlich bald geschafft?

Wir springen ins Auto und nachdem Breuer die Adresse der Hütte in das Navigationsgerät eingegeben hat, machen wir uns auf den Weg. Er fährt noch schneller als auf dem Weg zur Wohnung. Vor lauter Nervosität hole ich mein Handy hervor, um mich irgendwie abzulenken. Im Internet suche ich nach Maya – häufiger habe ich wohl noch nie etwas im Internet nachgeschaut. Die Medien überschlagen sich fast mit Nachrichten.

„Die Presse hat auch schon mitbekommen, dass wir eine heiße Spur haben", versuche ich ein Gespräch mit dem Kommissar aufzubauen.

„Das ist nicht gut", antwortet er nachdenklich. „Ich hoffe, Lukas bekommt davon nichts mit, sonst wäre er gewarnt."

Daran hatte ich gar nicht gedacht. Er wird sich wohl auch permanent im Internet informieren, ob es Neuigkeiten zu dem Vermisstenfall gibt, damit er vorbereitet ist.

Breuer legt noch einen Zahn zu und wir brettern mit 130 Stundenkilometern durch eine 70er Zone.

„Wir müssten gleich da sein. Die Hütte liegt mitten im Wald, da müssen wir etwas auf gut Glück suchen. Eine genaue Adresse habe ich nicht." Mit diesen Worten biegt er in eine Seitenstraße ein, die am Ende ein Waldstück offenbart.

„Das muss es sein", flüstere ich. Auf einmal zieht sich alles in meinem Magen zusammen. Maya ist irgendwo hier in der Nähe. Konnte sie spüren, dass wir auf dem Weg waren, um sie zu retten?

Der Waldweg ist gerade breit genug, damit unser Polizeiauto dort entlang fahren kann. Mit jedem zurückgelegten Meter wird der Wald dichter und herbstlicher. Blätter liegen zunehmend verteilt auf dem Boden und haben sich bereits gelb verfärbt. Dennoch sind die Bäume keineswegs kahl, sondern nach wie vor mit dichten Baumkronen geschmückt. Keine Menschenseele begegnet uns auf dem Weg – aber genauso wenig kommt eine Hütte zum Vorschein. Jede falsche Abfahrt, die wir nehmen, fühlt sich schrecklich an. Wenn wir zu spät kommen sollten und Lukas Maya etwas angetan hat – wir hätten nur schneller sein müssen. Aber wie denn, wenn wir nicht einmal ansatzweise wissen, wo wir im Wald nach der Hütte suchen sollen?

Ab und zu kommt Breuer ein Schimpfwort über die Lippen, doch er versucht sich zu beherrschen. An meinem Fenster rauschen Bäume und Sträucher vorbei. Der Wald wirkt in der Nachmittagssonne wie aus einem Märchen gegriffen, doch ich kann mir vorstellen, dass es bei Nacht hier sehr gruselig sein dürfte. Wenn man sich nicht auskannte und zu Fuß unterwegs war, würde es bestimmt Stunden dauern, in der Dunkelheit herauszufinden.

Der Kommissar scheint meine enorme Nervosität zu bemerken, denn er schaut mich aufmunternd an und versucht erstmals, ein Gespräch einzuleiten.

„Bald ist es geschafft, Fabian. Mehrere Streifenwagen sind ebenfalls im Wald unterwegs – wir werden die Hütte gleich finden. Und dann befreien wir deine Freundin!"Ich versuche zu lächeln, aber so richtig gelingt es mir nicht.

Nach weiteren zehn Minuten biegen wir in einen engen Waldweg ab. Die Bäume werden immer dichter, bis wir schließlich mit dem Auto nicht mehr weiterkommen.

„Ich denke, wir kehren besser um und nehmen den Waldweg von vorhin." Angestrengt schaut Breuer an den vielen Bäumen vorbei, um etwas Auffälliges zu sehen.

„Sieht nicht so aus als würde hier jemand wohnen."

Ich kämpfe mich unterdessen durch zwei Büsche hindurch und steige auf einen kleinen Felsen. Dort oben hat man eine deutlich bessere Übersicht und ich kann einen weiteren Waldweg erkennen. Ich verfolge ihn mit meinem Blick bis zum Ende, bis ich plötzlich-

„Da! Da ist sie!", rufe ich laut.

Schlagartig springt der Kommissar zu mir und steigt ebenfalls auf den Felsen.

„Tatsächlich. Ich sage sofort allen Einheiten Bescheid!" Damit wendet er sich ab und spricht in sein Funkgerät.

„Wir müssen los!", rufe ich ihm zu.

„Nein, Fabian, alleine ist das zu gefährlich. Der Mann ist mit ‚Sicherheit bewaffnet." Wütend springe ich hinunter und beginne, mich an den Bäumen vorbeizudrücken.

„Lass das Fabian! Du begibst dich in große Gefahr!"

Das wusste ich, aber jetzt ist mir alles andere als diese Hütte unwichtig. Doch es dauert keine zwanzig Sekunden, ehe Breuer mich eingeholt hat und mich festhält.

„Keine Alleingänge! Das hier ist eine Sache der Polizei und nicht für 17-jährige Möchtegernhelden!"

Widerwillig schnaube ich und bleibe stehen. Er hat ja recht, aber nun so unmittelbar vor Maya zu stehen und ihr trotzdem noch nicht helfen zu können, lässt jeden vernünftigen Gedanken verschwinden.

„Es sieht aber nicht wirklich so aus als wäre dort jemand in der Hütte", flüstere ich ihm zu. „Das stimmt. Die Tür steht vor allem sperrangelweit offen am Gartentor. Ich

hoffe, dass er nicht doch etwas über die Presse mitbekommen hat und so mit Maya davonlaufen konnte."
Unser Gespräch wird von einem heranfahrenden Fahrzeug unterbrochen. Es ist ein Streifenwagen und es kommen vier Polizisten zum Vorschein. Sie sind alle mit Gewehren ausgestattet und tragen sogar einen Helm.
„Dort vorne ist die Hütte. Wir werden gleich vorrücken."
Die Polizisten verständigen sich kurz mit Breuer und teilen sich dann auf. Zwei Männer nähern sich der Hütte von links, zwei von rechts. Wir suchen den Weg durch die Mitte, bis ich aufgefordert werde, anzuhalten. Wir sind schätzungsweise nur noch 30 Meter von der Eingangstür zur Hütte entfernt. Die Polizisten haben bereits die Wand des Gebäudes erreicht und stehen dicht an der Tür.
„Sie werden jetzt reingehen. Je nach dem, was sie dort vorfinden, können wir hinterher oder auch nicht."
Er nimmt das Funkgerät und gibt leise das Signal, die Tür nun aufzubrechen. Einer der schwarz gekleideten Polizisten stellt sich daraufhin vor die Tür, während sich ein weiterer mit dem Gewehr hinter ihn stellt. Ich komme mir vor als wäre ich in einem Actionfilm gelandet. Die Männer wechseln einen letzten Blick und dann geht es los.
„Zugriff!", schreit der Polizist und tritt die Holztür mit einem einzigen Tritt ein.
Sofort stürmen die vier Männer mit ihren Gewehren in die Hütte und verschwinden aus unserem Blickfeld. Für Sekunden geschieht nun nichts. Aufgeregt sitze ich am Boden und warte auf ein Signal des Kommissars. Doch

auch der scheint abzuwarten was sich tut. Wie in Zeitlupe vergehen die Sekunden. Auf einmal rauscht erneut das Funkgerät.

„Gesichert", nehme ich als erstes wahr. „Keine Personen vorgefunden. Die Hütte ist leer!" Das konnte nicht wahr sein.

Entsetzt schaue ich den Kommissar an, aber der hat sich bereits aufgerafft und läuft in Richtung Hütte. Seine Waffe hat er wieder eingesteckt.

„Komm mit, Fabian. Wir dürfen jetzt rein."

Völlig perplex laufe ich hinter ihm her, bis wir an der Tür angekommen sind. Hatte Lukas flüchten können? Wir treten ein und zum Vorschein kommt ein schreckliches Bild. In der Tat – hier wurde Maya zweifelsohne gefangen gehalten. Ein pervers geschmücktes Bett mit Rosenblättern, zahlreiche Kerzen auf dem Tisch und viele handgeschriebene Briefe auf dem Boden. Dieser Raum sieht genauso aus, wie ich mir das wahnsinnige Denken und Handeln des Täters vorgestellt habe. Dieser Lukas scheint tatsächlich besessen von Maya zu sein. Das hier hat nichts mehr mit Liebe oder sonstigen Gefühlen zu tun – das ist einfach nur noch krank.

Vorsichtig hebe ich einen der Briefe vom Boden auf. Kurz scheint es als würde der Kommissar etwas dagegen sagen wollen, doch er hält sich zurück. Denn er sieht auch, wie mir Tränen die Wange hinunterlaufen. In diesem Brief, den ich in meiner Hand halte, beschreibt Lukas, wie er seinen Vater ermordet hat. Es wirkt fast so als würde er sich darüber freuen, dass er gestorben ist. Ich nehme den nächsten Brief und dieser ist nicht weniger schauerlich. Er redet von Maya als seien sie schon immer füreinander bestimmt und sie wären schon über Jahre hinweg glücklich miteinander.

Das alles ist Wahnsinn. Und eins ist mir auch bewusst: Er ist mit ihr entkommen. Dieser Gedanke raubt mir jede Kraft und ich sinke völlig fertig auf das Bett. An den Ecken kann ich Seile entdecken, mit denen Maya wohl gefesselt wurde, damit sie nicht weglaufen kann. Auf dem Boden sind einige Bluttropfen verteilt, die wohl von dem toten Vater stammen. Dieser Ort ist ein reiner Albtraum. Kraftlos sinke ich in mich zusammen und lasse die restlichen Briefe wieder auf den Boden fallen. Ich habe doch wirklich erwartet, dass wir Maya jetzt finden würden. Dass jetzt alles ein Ende hat. Doch stattdessen ist er mit ihr geflüchtet und weiß jetzt sogar, wie dicht wir ihm auf den Fersen sind – oder besser gesagt, waren. Wer weiß, ob er jetzt nicht mit ihr ins Ausland verschwindet oder ob er ihr sogar etwas antut.

„Der Täter kann noch nicht lange weg sein!", reißt mich eine Stimme aus meinen dunklen Gedanken. Es ist einer der Polizisten, der auf den Tisch zeigt. Aber woran will er das erkennen? Dort stehen nur einige Kerzen herum.

„Diese Teelichter halten nicht besonders lange. Ich tippe mal auf drei bis vier Stunden, wenn man sie ununterbrochen brennen lässt. Wir müssen sofort eine Fahndung einleiten und den gesamten Wald durchkämmen! Vielleicht sind sie noch hier!"

Sofort bewegen sich die Männer auseinander und sprechen aufgeregt in ihre Funkgeräte. Auch Breuer spricht kurz mit jemandem und wendet sich dann wieder zu mir.

„Die Kollegen haben recht - weit können sie noch nicht gekommen. Komm mit, du musst uns helfen!"

Auch wenn der Kommissar mir wohl nur etwas Hoffnung machen will, so glaube ich ihm. Ich stehe auf und folge ihm aus dieser schrecklichen Hütte. Draußen sind mittlerweile ein Dutzend Polizisten – teils mit Hunden – unterwegs und durchkämmen die gesamte Gegend rund um die Hütte.

„Wir wurden alle in Bereiche eingeteilt. Wir müssen kurz laufen – wir suchen dort vorne an dem Felsvorsprung."

Mein Lauftempo wird zunehmend schneller, umso näher wir uns dem kleinen Hügel nähern. Der Boden ist vollkommen mit Laub bedeckt und der Tag neigt sich langsam dem Ende zu. Die letzten goldenen Sonnenstrahlen bahnen sich ihren Weg durch die Baumkronen und erfüllen den Wald mit einer herbstlichen Stimmung.

Breuer biegt nach links ab und umkurvt einen großen Felsen. An dieser Stelle gibt es nicht mehr so viele Bäume. Dafür liegen mehrere Felsen auf dem Boden verteilt.

„Siehst du diesen kleinen Bereich unter dem Hügel? Dort suchen wir. Das sieht mir nach einer guten Gelegenheit für ein Versteck aus."

Vorsichtig folge ich ihm über die Felsen. Ein lautes Geräusch ertönt über mir am Himmel und im schwachen Sonnenlicht kann ich einen Helikopter erkennen. „Dieser Helikopter sucht mit einer Wärmebildkamera nach den beiden!", ruft er mir zu.

Spätestens jetzt dürfte durch die enorme Lautstärke des Helikopters die ganze Nachbarschaft der Waldregion wissen, dass im Wald etwas vor sich geht. Und tatsächlich kann ich im nächsten Moment einen schwarzen Van erkennen, aus dem drei Männer und eine junge Frau herausspringen. Mit Kamera. Wahnsinn, wie schnell die Presse an den Brennpunkten sein konnte. Wenn es etwas Interessantes zu berichten gibt, sind sie fast so schnell wie die Polizei selbst. Zwei der Polizisten halten das Team aber zurück.

Ich wende meinen Blick wieder nach vorne und sehe, wie Breuer einen Felsen nach unten klettert. Der Stein ist rutschig, aber mit einem kleinen Sprung lande ich ebenfalls wieder auf dem sicheren Boden. Vor uns liegt eine Gesteinswand mit einigen, kleineren Eingängen.

„Ein perfekter Ort, sich zu verstecken", flüstere ich vor mich hin.

Der Kommissar nickt kurz und geht langsam zu einem der Eingänge.

„Hier ist nichts", flüstert er mir zu, nachdem er mit der Taschenlampe in den Gang geleuchtet hat. Wäre ja auch zu schön gewesen. Langsam dreht er sich um und läuft zu dem zweiten Eingang. Die Felsen bilden eine Art Tunnel, durch den man sich nur mit größter Anstrengung durchzwängen kann. Wieder knipst er die Lampe an und wieder kehrt er mit enttäuschtem Gesicht zurück.

„Alles schwarz, da ist niemand drinnen."

Ich drücke mich an der Felswand entlang, bis ich schließlich zu einer kleinen Öffnung gelange. Vorsichtig spähe ich hinein, doch es ist viel zu dunkel darin als dass ich irgendetwas erkennen könnte. Vorsichtig mache ich einen Schritt nach vorne, bis ich einen halben Meter in der Öffnung stehe. Zu meinem Erstaunen geht links plötzlich ein Gang nach unten.

„Ich habe hier etwas!" Sofort kommt der Kommissar zu mir und klettert ebenfalls in die Öffnung hinein. Er drängt sich an mir vorbei und geht zwei Schritte nach unten. Es ist vollkommen dunkel.

„Und?", frage ich so leise es geht.

Er antwortet nicht, sondern bewegt sich einen weiteren Schritt nach unten. Langsam folge ich ihm. Der Boden ist nass, weswegen ich aufpassen muss, damit ich nicht hinfalle.

Ich lausche in die Dunkelheit hinein, doch zu hören bekomme ich nichts außer das leise Pfeifen des Windes von draußen. Doch auf einmal höre ich eine Stimme. Ganz leise, aber ich kann sie wahrnehmen. Breuer scheint es auch bemerkt zu haben, denn er geht weitere Schritte vorwärts. Man sieht mittlerweile nichts mehr und nur ein Klacken verrät mir, dass der Kommissar gerade seine Waffe gezogen hat. Dann höre ich die Stimme eindeutig. Sie bekommt mir bekannt vor – es ist die des

Journalisten, der mir diese seltsamen Fragen gestellt hat. Das ist Lukas.

Am Ende des Ganges können wir Licht erkennen. Wir ducken uns hinter einen großen Felsen und spähen in einen kleinen Raum hinein. Ich kann nur einen Stuhl erkennen, auf dem eine Gestalt sitzt. Diese Gestalt kann ich zwar nicht erkennen, aber die Stimme höre ich jetzt eindeutig.

„Es tut mir so leid, Maya, dass es so weit kommen musste. Aber die anderen lassen mir keine Wahl! Nur so können wir für immer unsere Liebe teilen!"

Was meint Lukas damit? Ich würde am liebsten sofort aufspringen und den Kerl angreifen, aber der Kommissar hält mich zurück.

Verstärkung rufen ist jetzt zwecklos, denn dann würden wir definitiv gehört werden. Im Licht einer Kerze erkenne ich, wie sich Lukas von seinem Stuhl erhebt. Dann verschwindet er aus meinem Sichtfeld. Keine drei Sekunden später kann ich einen herzzerreißenden Schrei wahrnehmen, der mich zusammenzucken lässt.

Maya! Das ist sie! Auch der Kommissar hat sich kurz erschreckt und springt im nächsten Moment auf.

„Polizei! Sofort auf den Boden!", ruft er laut und rennt in den Raum hinein.

Schnell springe ich auch auf und folge ihm mit sicherem Abstand. Nun kann ich den ganzen Raum erkennen, der von Kerzenlicht erfüllt ist. Ich sehe einen Tisch, ansonsten ist der Raum leer. Es gibt nur einen Weg hinein und hinaus – der Rest des Raumes ist von Felsen umgeben.

Im nächsten Moment sehe ich Lukas, wie er erschrocken an der Wand steht. Und dann sehe ich endlich Maya. Sie sitzt an der Wand und sieht schrecklich aus. Ihre Beine und Arme sind mit Seilen zusammengebunden und ihr Gesicht ist komplett verheult. Auch sie hat sich erschrocken von dem lauten Schrei des Kommissars und blickt ihn mit großen Augen an.

Und plötzlich blickt sie direkt in meine Augen. Maya. Ihre Augen werden immer größer und bei mir setzen sofort Tränen ein. Es scheint ein unendlicher Moment zu sein, in dem wir uns anschauen. Aber dann macht Lukas einen Schritt nach vorne und versperrt meine Sicht zu ihr.

„Ihr werdet uns nicht daran hindern, uns zu lieben! Maya gehört mir!" Er klingt wie ein Verrückter. Erst jetzt fällt mir auf, dass er ein Gewehr in der Wand hält und damit auf Breuer zielt.

„Legen Sie sofort die Waffe weg! Sie sind umstellt, das Spiel ist vorbei!", ruft er.

„Das Spiel ist vorbei? Nein, das denke ich nicht. Es hat doch gerade erst begonnen."

Er grinst. Sein Gesicht sieht aus als sei er von einem Geist besessen. Seine Augenbrauen zittern genauso wie sein Mund – er scheint komplett unter Strom zu stehen. Dieser Mann sieht aus wie ein Monster.

„Hören Sie auf damit!", brüllt der Kommissar erneut. Doch Lukas scheint nicht den Eindruck zu machen als würde ihn das kümmern. Stattdessen dreht er sich und richtet die Waffe nun auf Maya. Nein! Das darf er nicht!

„Leg die scheiß Waffe weg!", schreie ich ihn an. „Lass Maya in Ruhe!"

„Sie gehört zu mir, mein Freund! Für immer und ewig!" Er hebt das Gewehr an und zielt auf ihre Brust.

„Lass sie in Ruhe und legen Sie die Waffe weg!", schreit Breuer. Und für einen Moment dreht sich Lukas tatsächlich zu ihm um.

„Es ist vorbei. Schießen Sie ruhig, dann schieße ich auch. Aber für uns ist es nun an der Zeit zu gehen. Maya, ich liebe dich für alle Ewigkeit! Wir sehen uns gleich und dann kann uns niemand mehr trennen!"

„NEIN!", brülle ich und springe nach vorne. Ich weiß nicht, was ich mache, aber ich muss irgendwas tun. Ich springe auf Lukas und verpasse ihm einen Schlag ins Gesicht. Ich klammere mich an ihm fest und schlage verzweifelt auf ihn ein. Dann ertönt ein Schuss.

Das Geräusch zerreißt die Luft förmlich und ich falle mit Lukas zu Boden. Der Schuss kam aus seinem Gewehr und nicht aus der Waffe des Kommissars. Wo hat er hingezielt? Mich hat er nicht getroffen. Breuer hat es auch nicht erwischt. Nirgendwo ist Blut zu sehen, er hat wohl daneben - nein. Nein. Nein. Das ist nicht möglich! Auf dem Boden liegend sehe ich Maya. Sie liegt ebenfalls am Boden. Etwas stimmt mit ihr ganz und gar nicht, sie atmet fast nicht mehr. Dann kann ich es erkennen: Ihr Shirt ist blutverschmiert. Der gesamte Brustbereich ist dunkelrot getränkt. Lukas hatte auf Maya gezielt und er hat sein Ziel getroffen.

„Es ist aus, meine Freunde", höre ich ihn auf einmal sagen. Er richtet sich neben mir auf und dreht sein Gewehr in seine Richtung. Er hält es sich selbst an den Kopf.

„Jetzt kann uns niemand mehr daran hindern, für immer zusammen zu sein! Ich komme, Maya!" Dann drückt er erneut ab und sackt Sekundenbruchteile später auf dem Boden zusammen. Er hat sich selbst in den Kopf geschossen und eine Blutlache breitet sich augenblicklich auf dem Boden aus. Was passiert hier? Das ist alles nicht möglich!

Ich springe auf und renne zu Maya. Sie liegt immer noch schwer atmend am Boden.

„Ich bin da, Maya! Alles wird jetzt gut! Der Kerl ist tot, niemand kann dir mehr etwas tun!" Ich streichle ihr sanft über die Wange. Ich spüre, wie erneut die Tränen mein Gesicht herunterkullern. „Bleib bei mir!"

Ich löse ihre Fesseln und nehme sie in den Arm. Doch sie hat die Augen schon geschlossen und ihr Atem wird immer langsamer.

„Einen Krankenwagen – schnell!", rufe ich laut. Sofort greift der Kommissar an seine Tasche und ruft etwas in sein Funkgerät. Was er sagt, nehme ich gar nicht mehr wahr. Alles außer Maya blende ich aus. „Ich bin bei dir!"

Sie atmet fast nicht mehr. Plötzlich öffnet sie doch nochmal ihre Augen und sie schaut mich völlig erschöpft an.

179

„Ich... ich...ich liebe...dich." Dann schließt sie ihre Augen wieder und ihr Kopf fällt aus meiner Hand.

„Nein, Maya, bleib da! Der Krankenwagen ist gleich hier!" Es durfte einfach nicht passiert sein. „Nein, Maya!"

Ich hebe verzweifelt ihren Kopf an, aber ich höre sie nicht mehr atmen.

Sekunden später springen einige Notärzte durch die Öffnung in den Raum und rennen zu Maya. Sie schieben mich zur Seite, doch ich bin gar nicht mehr wirklich da. Es ist alles vorbei. Alles um mich herum bewegt sich verschwommen und in Zeitlupe. Maya ist tot. Er hat sie getötet und ihr alles genommen. Mir wird schwindelig und ich falle an die kahle Steinwand.

Das Geschrei um mich herum nehme ich nur als dumpfe Töne wahr. Ich höre nur noch einen pfeifenden Ton, alles andere blendet mein Gehirn aus.

„...lebt! Sie lebt!" Mein Kopf dreht sich. Was haben die da eben gesagt? Auf einmal kommt das Gesicht des Kommissars zum Vorschein - er befindet sich höchstens zehn Zentimeter von meinem Gesicht entfernt.

„Sie lebt, Fabian! Maya lebt!"

Was? Wie ist das möglich? Sofort erlange ich wieder mein Bewusstsein und springe auf. Die Ärzte heben Maya auf eine Trage. Die Schusswunde wurde mit einem Verband bedeckt, sodass kaum noch Blut hinausläuft. Sie tragen sie zu viert nach draußen. Schnell springe ich hinterher, den Gang nach oben bis ins Freie.

Draußen empfängt mich das matte Sonnenlicht, das in diesem Moment so grell wie nie zuvor wirkt. Ich sehe einen Krankenwagen mit Sirene, der von dutzenden Personen in Uniform umringt ist. Sie bringen Maya dort hinein.

Gerade will ich hinterherrennen als mich plötzlich eine Hand auf meiner Schulter davon abhält.

„Bleib da, Fabian. Sie bringen sie in ein Krankenhaus, wo sie sofort operiert wird. Dann wissen wir, ob sie es schafft!"

Ich blicke in die Augen des Kommissars. Verunsichert schaut er mich an. Dann nimmt er mich in den Arm und drückt mich fest an sich. Ich erwidere die Umarmung und es tut so gut.

„Maya wird das schaffen, Fabian! Dann hat es endgültig ein Ende!" Ich beginne heftig zu weinen. Die Tränen tropfen auf den Waldboden und vermischen sich mit der roten Farbe von Mayas Blut, dass mir an den Fingern klebt. Sie schafft es, hat der Arzt gesagt. Sie schafft es.

## Kapitel 15 – Maya

Es ist ein Pochen in meinem Kopf, das mich weckt. Ich versuche die Augen zu öffnen, aber es ist viel zu hell. Ich sehe nur Licht und weiße Farbe. Es dauert einige Sekunden, bis ich es schaffe, meine Augen zumindest auf Halbmast zu halten. Mit der Zeit erkenne ich immer mehr Umrisse.

Ich befinde mich in einem weißen Raum. An der Wand erkenne ich so etwas wie ein Schrank, allerdings sehr verschwommen. Darunter sehe ich ein metallisches Gestell. Ich liege in einem Bett. Alles um mich herum ist weiß. Nach einigen Minuten gelingt es mir, meine Augen ganz zu öffnen und die Umrisse des Raumes werden immer schärfer.

Schnell wird mir bewusst, wo ich bin. Ich liege in einem Krankenhausbett. Und im nächsten Moment kommen sofort alle meine Erinnerungen hoch. An die Höhle, an den Kampf – an Fabian. Er hat mich gerettet. Wäre er nicht auf Lukas gesprungen, dann hätte er mich wohl erschossen.

Langsam drehe ich meinen Kopf und zu meiner Überraschung setzen keine überdimensional starken Kopfschmerzen ein, sondern mir wird nur etwas schlecht. Ich blicke nach rechts, wo ein kleiner Tisch mit zwei Stühlen steht. Daneben befindet sich eine hellbraune Holztür mit einem kleinen Fenster. Als hätte man nur darauf gewartet, dass ich dort hinschaue, öffnet sich plötzlich die Tür. Es gibt nur eine Person, die ich in diesem Moment sehen möchte – und genau diese Person betritt den Raum.

„Du bist wach!", ruft er mit aufgeregter Stimme. Ich versuche zu lächeln und er scheint es wahrzunehmen. Er kniet sich zu mir ans Bett und nimmt meine Hand. Seine Nähe fühlt sich so warm an.

Ohne ihn hätte ich vermutlich nicht überlebt. Er hat mich gerettet. Er ist mein Held. „Danke", flüstere ich ihm zu. Fabian lächelt mich an und streicht mir zart über die Wange. „Schau mal – du hast es zwar nicht mitbekommen, aber eine andere Person lag ebenfalls im Krankenhaus." Er macht einen Schritt zur Seite und ich richte den Blick wieder zur Tür. Ich erkenne einen jungen Mann, der mit einem breiten Grinsen in der Tür steht und zur Begrüßung kurz mit seinen Krücken winkt.

„Hi, Luke", sage ich leise.

„Hi, Maya. Schön, dich zu sehen."

Das stimmt. Es war so ein schöner Anblick – die beiden Jungs und ich in einem Raum. Ich habe es geschafft. Es ist alles vorbei und der Albtraum hat endlich ein Ende. Luke betritt den Raum. Er holt sein Handy aus der Hosentasche hervor und zeigt es mir so, dass es Fabian nicht erkennen kann.

„Hey, was soll das!", ruft er verärgert.

„Lass sie kurz lesen", antwortet Luke mit einem Grinsen. Nach einigen Sekunden wird die Schrift auf dem Handy klarer und ich erkenne, was dort geschrieben steht.

„3...2....1...", ruft Luke. „Happy Birthday, du alter Hase! Du bist erwachsen"

Erstaunt blickt Fabian ihn an.

„Was, es ist schon Mitternacht? Äh...danke!"

„Ich glaube, es gibt wohl kaum eine bessere Geburtstagsüberraschung, oder?", lächelt Luke ihn an.

„Das ist wohl wahr." Er kniet sich wieder zu mir ans Bett.

„Alles Gute zum Geburtstag", flüstere ich ihm zu. Fabian lächelt mich an und beugt sich zu mir vor. Er küsst mich sanft und seine Lippen fühlen sich so weich an. Ich erwidere den Kuss, bis seine Lippen sich lösen.

„Wir haben einiges nachzuholen", sage ich zu ihm mit einem Lächeln.

„Das stimmt", antwortet er und lächelt mich sanft an. Er küsst mich erneut und dieser Moment scheint wirklich für die Ewigkeit zu sein.

„Ich liebe dich", flüstert er mir zu. Ich drücke seine Hand so fest ich kann. „Ich liebe dich auch, Fabian."